AF368172

Elena Maneo

# I CURIOSI CASI DI MAZAVARA

Youcanprint *Self-Publishing*

Titolo | I curiosi casi di Mazavara
Autore | Elena Maneo
ISBN | 978-88-93321-82-2



Youcanprint Self-Publishing
Via Roma, 73 - 73039 Tricase (LE) - Italy
www.youcanprint.it
info@youcanprint.it
Facebook: facebook.com/youcanprint.it
Twitter: twitter.com/youcanprintit

# Celato nell'armadio
## Parte 1

Qualcosa di piccolo e verde se ne stava timidamente nascosto in un angolo del frigorifero. Sembrava avesse paura di essere toccato o mangiato. Poteva essere un pisello, una cimice, un rimasuglio d'asparago oppure una grossa oliva da gustare. Qualunque cosa fosse di sicuro era lì da un po' di tempo, e forse non era neanche cibo. Nel frigo di Jed Mazavara la roba buona da mangiare durava poco, molto poco. Ma non era solo il freezer a contenere cose diverse dal solito. Ad esempio, nella credenza in cucina c'erano una serie di oggetti grandi come bussole accumulati sopra il tavolo che davano l'impressione di attendere il momento giusto per cadere e spaventare il padrone di casa. L'armadio nella stanza da letto era pieno zeppo di camicie e capi orientali nuovi di zecca dai colori chiari e vivaci. Nell'armadietto in bagno (di solito usato per accessori toilette) vi erano posti una collezione di occhiali da sole mai visti prima d'ora. Alcuni con lenti bianche e brillanti, altri avevano una forma un po' singolare, con la montatura serpeggiante e parevano danneggiati. Incastrate in una scarpiera in salotto c'erano alcune scarpe nere, raffinate e sportive. Modelli che richiamavano anche un pizzico di eleganza se accompagnati con uno splendido abito scuro. In un angolo, invece, emergeva un grande appendiabiti, dove un poncho verde era dotato di bottoni trasparenti e splendenti come un cristallo.

Una meravigliosa cornice con rifinitura eccessiva d'oro era messa in bella vista sopra uno scrittoio posto in uno studio poco ammobiliato. Semplice e piccolo, lo studio, non attirava molta attenzione, mentre la foto incorniciata di una ragazzina biondina affascinava. L'aspetto era di una comune ragazza di quindici o sedici anni dagli occhi chiari che sembravano scintillare. Una dolce fanciulla dai lunghi capelli pettinati.

Un drin-drin scosse Jed dall'osservare la cosa verdognola nel freezer. Chiuse il frigorifero e, con passo deciso e felpato, andò ad aprire.

«Sì?»

Jed sfiorò la mano ossuta di un'anziana signora dall'espressione preoccupata. Molto calma, sull'ottantina, con due occhi neri e naso canuto. Aveva labbra sottili e violacee.

«Il signor Mazavata?»

«Mazavara» la corresse il padrone di casa con gentilezza. «Lei chi è?»

«Giovanna Emetter.»

«Prego, si accomodi.»

«La mattina passa così in fretta…» borbottò la nuova venuta.

Jed la fece accomodare nel suo studio con aria guardinga e, non appena la visitatrice si degnò di guardarlo negli occhi, le disse: «Non so se potrò aiutarla.»

La signora diede un'occhiata alla stanza. Esaminò con diffidenza il pesante fermacarte a forma di leone e il bicchiere color indaco sopra una mensolona. Infine, il suo sguardo si posò sulla fotografia in cornice sopra la scrivania.

«Sua figlia?»

«No.»

«Nipote?»

«No.»

«Cugina?»

«Signora…» Mazavara stava perdendo la pazienza. Non era un uomo mansueto e si innervosiva per qualsiasi sciocchezza. Anche se poi, il nervoso, la rabbia e la collera si dissolvevano come smalto per unghie leccato dal solvente cosmetico.

«Mi hanno detto che lei è un indagatore del mistero. È vero?»

«Signora mia, e chi glielo ha detto?»

«Un mio vicino. Il signor Mantinello.»

«Ah! Sì, mi ricordo del signor Mantinello. Aveva perso il cane dentro una cassapanca.»

«Una cassapanca?»

Mazavara scosse la testa. Osservò le mani sottili e fragili punteggiate dalle macchie dell'età della cliente, poi rispose: «Una storia lunga. Sono consulente indagatore del mistero. Ma veniamo a lei...»

«Che significa consulente?» lo interruppe la donna.

«Uno che consiglia. Se lei vuole espormi il suo problema, vedrò di fare del mio meglio per consigliarla e accompagnarla a casa o dove vuole andare.»

D'improvviso la poveretta scoppiò in singhiozzi. Mazavara le passò un fazzolettino di carta e cercò di rincuorarla.

«La prego... Su, su.»

Jed non aveva molta pazienza, e spesso era diffidente. Tuttavia nei confronti di quella "nonna" non poté fare a meno di avere un comportamento di sostegno.

La cliente si asciugò le lacrime guardandosi intorno, e poi disse: «Ho ragione di credere che la mia vita sia in pericolo.» Tirò su col naso come una bambina che si fosse appena sbucciata un ginocchio nel bel mezzo di una competizione sportiva.

«La prego di raccontarmi con calma perché è convinta di questo» fece Jed iniziando a interessarsi della sventurata visitatrice.

«Sono stata sveglia tutta la notte. Lei deve sapere che, oltre che possedere un'ingente e cospicua somma di denaro, sono padrona di tre appartamenti in via Ponti al numero 92. Ne ho dati due in affitto, di cui uno a una coppia di sposini americani. E proprio questa notte li ho sentiti parlare.»

«E di cosa hanno parlato?»

«Uccidiamola nella casa di sotto.» La testina della cliente annuì vigorosamente. «Sono delle bestie rare!» aggiunse poi allungando una mano verso le labbra sbiadite.

«Senta, io non ho alcuna intenzione di portare coccodrilli in Egitto, è sicura di quello che ha sentito?»

«Sicurissima!»

«È andata dalla polizia?»

«Non mi fido di loro, signore.»

«D'accordo. L'aiuterò.»

Jed aiutò la signora ad alzarsi dalla poltrona e l'accompagnò alla porta, dopo di che disse: «Sarò da lei nel tardo pomeriggio.»

«Via Ponti 92, mi raccomando.»

«Certamente, Giovanna.»

«Cosa significa portare i coccodrilli in Egitto?»

Jed alzò le sopracciglia brune striate di bianco, e rispose: «Non ci pensi. Vada pure. A dopo.»

Il tardo pomeriggio non indugiò ad arrivare. E Mazavara prima di uscire osservò la cosa accanto a una grossa oliva verde nel freezer riflettendo sul da farsi. L'oliva farcita era da buttare, ma la cosa forse gli sarebbe servita. L'oggetto in questione era una potente bussola che aveva la capacità di trasportare oggetti e persone da un luogo a un altro come il teletrasporto tanto utile agli eroi dei film fantastici di Star Trek. Ma un giorno il gioiello sarebbe tornato nelle mani del legittimo proprietario, sempre se Jed fosse riuscito a rintracciarlo. Ma forse si sarebbe fatto vivo lui, chissà. Lo afferrò con avidità e se lo mise nella tasca dei pantaloni, avvertendo un leggero raffreddamento alla mano. Poi afferrò qualcosa dall'appendiabiti, fece una palla e lo mise in tasca. Straordinariamente ciò che aveva agguantato con foga era un tessuto mimetico: un poncho. Anch'esso apparteneva al personaggio creatore, scomparso chissà dove. Uscì all'aperto e scrutò le casette circostanti con le lucette capaci di creare l'atmosfera di un grande presepe. Si alzò il bavero e si incamminò lungo la strada argentea dove foglie morte volteggiavano come disperati insetti. Il sole ormai si stava lentamente dileguando dietro un cumulo di nuvole ferrigne, e un velo di freddo invernale gli fece venir voglia di spingersi dentro un bar in cerca di qualcuno per una cordiale chiacchierata, ma aveva da fare. La luce dei lampioni in strada accarezzava ogni via, donando un tocco di allegria. E mentre, su nel cielo, un manto scuro si faceva più corvino, Mazavara si avvicinava sempre più a uno strano giardino. Pareva una costruzione di plastica: verdognolo, con mucchietti verdi che dovevano essere alberelli e piccole statue che sembravano cantare e osservare il mondo che le circondava con occhietti visibilmente paglierini. La corsa improvvisa di un ragazzo alto più o meno un metro e mezzo sembrava la parte di un film di fantascienza, e si chiese cosa non andava in quel primo segnale della sera. Jed si fermò davanti a un palazzo cereo, dove le finestre parevano disegni puerili colorate fra l'arancio e il verde. L'edificio non sembrava avere un nome. In certi quartieri della piccola e fragile città di Zarata gli edifici portavano un nome. C'era il Condominio azzurro, il Residence felicità, il Ranocchio, il Mattone blu, il Domestico perfetto e molte altre denominazioni.

Il consulente si avvicinò ai campanelli e diede un colpetto al terzo che riportava la scritta Giovanna Emetter. Il portone si aprì con uno stridore, come segno di reclamo per essere stato infastidito da un altro ospite inopportuno.

L'atrio era illuminato da una luce bianca, e un forte olezzo di limone si estendeva fino ai piani di sopra. Non c'era alcun ascensore, ma il palazzo era piccolo. Tre piani, e Jed iniziò così a salire le scale marmoree. Superò un pianerottolo dove una splendida pianta in bella mostra sembrava vigilare sui passanti come un perfetto sorvegliante. Finì di salire le scale, cullato dalla luce chiara intorno a lui che pareva rassicurarlo. Raggiunse l'ultimo piano e trovò la signora ad aspettarlo sulla soglia della porta. Aveva una strana espressione sul volto, pareva una statua di terracotta.

«Presto!» sussurrò.

«Eccomi!»

«Venga! L'accompagno nell'appartamento.»

Scesero le scale e si fermarono nell'unica porta che c'era.

L'anziana donna aprì con la chiave la porta, ma non riuscì a schiuderla.

«Perdiana! Cosa hanno fatto questi fetenti?!»

«Lasci provare me» fece Jed, dando una spallata all'uscio.

«Io la lascio al suo lavoro.»

Mazavara non ebbe il tempo di replicare che se l'era già data a gambe. Deglutì la saliva e oltrepassò la soglia chiudendosi la porta alle spalle. Era buio, così accese la luce. L'aspetto era gradevole e anche confortevole e i colori dei muri erano vivaci, ma da come la padrona era fuggita, sembrava che nell'appartamento ci vivesse un fantasma. Il pavimento dell'ingresso era lucido come la cera, mentre un orologio ticchettava sopra un insolito deschetto.

Mazavara si spostò oltre, in cucina. Aleggiava un leggero odore di minestra di verdure. Sparsi sul tavolo c'erano cocci di porcellana, segno evidente che uno degli inquilini aveva rotto un piatto o una scodella. Un cassetto della credenza era aperto del tutto, e una bottiglia d'acqua era appoggiata sul cornicione della finestra. Un piccolo frigorifero rumoreggiava come una vecchia lavastoviglie, e un microonde sembrava l'unica cosa potente e di stile in quella stanza. Nella camera da letto le lenzuola erano spiegazzate. Era un luogo triangolare con una finestra quadrata nella quale si notavano i blocchi tenebrosi delle nuvole. Non era certo una camera speciale, e Jed era solo un estraneo venuto ad esaminare. Un telefono buffo si mostrava ideale per una commedia, e una scatola arancione sembra una trappola per topi.

D'improvviso udì rumori e un vociare sconnesso. Si sentì infiacchito, come se un mostro gli avesse appena raschiato lo stomaco in cerca di chissà che cosa. L'armadio! Poteva celarsi lì dentro, per usare la bussola trasportatrice era tardi. E il tessuto mimetico? Forse sarebbe servito. Spense la luce e si ficcò nell'armadio come un amante di vecchia data abituato a sotterfugi, socchiudendolo. Si addossò il poncho, in caso che ai cari inquilini venisse l'idea di prendere qualcosa nell'armadio. Il tessuto pareva stringerlo come un canapo e la brutta sensazione di essere spremuto come un limone si fece sentire.

La luce giallina lo investì. Erano entrati in camera e parlavano. Prestò attenzione alle parole cercando di non generare alcun rumore. Il suo occhio allentato colse un movimento a destra. Continuò ad ascoltare l'interessante conversazione. La voce femminile era un po' rauca e Jed si sporse leggermente per vedere con i suoi occhi a chi appartenesse.

Una donna dal volto cicciotto sulla trentina vestiva in maniera elegante. Anticonformista e un tipo granitico. Lui appariva come un pupazzetto da appendere come ornamento su di un albero di Natale. Era piccolino, fragile, con un volto simile a una palla e con due occhi come bilie un po' più grandi del normale.

«Chiedere… lei a casa sua cuciniamola…» La conversazione finì e Jed capì. Lottò per un po' con un cumulo di pantaloni alla zuava che all'improvviso avevano cominciato a recargli fastidio, e dovette sopportare piccole risa e gemiti di piacere da parte degli inquilini. Si tolse il poncho e saltò dall'armadio quando li sentì entrare nella doccia, e uscì rapidamente dall'appartamento.

«La sua vita non è per nulla in pericolo, stia tranquilla» disse alla signora Emetter non appena fu all'interno della sua abitazione.

«È certo di questo signor Mazavara?»

«Sicurissimo! Loro hanno un'anatra che vorrebbero condividere con lei e sono indecisi sul da farsi.»

«Cioè?»

«Signora mia, vogliono cenare con lei. Vede, ha capito uccidiamola, ed è giusto, ma si riferivano all'anatra. E la sua cucina è perfetta.» Jed scoppiò a ridere.

La padrona di casa abbozzò un sorriso.

«Dunque non sono in pericolo?»

«Non è in pericolo» replicò l'investigatore.

«La ringrazio.»

«Grazie a lei. Ora devo proprio andare. Le manderò il conto.»

Stava per avviarsi quando la signora gli posò la mano fragile sulla spalla.

«La foto nello studio è tua sorella, vero?» domandò dandogli del tu.

Jed fece un lungo sospiro. E con gli occhi lucidi, rispose: «Esatto. È scomparsa. Non so dove sia. Gli unici indizi che ho sono un tessuto mimetico e una bussola. E naturalmente il professore di storia di mia sorella.»

«Quindi non sei solo in questa indagine. Questo professore…»

«Sparito anche lui senza lasciare traccia» la interruppe.
«Buona fortuna.»
Jed fece un sorriso triste, si tirò il bavero e scese le scale in solitudine.

# Ritratto di giovane donna
## Parte 2

Jed cercò di rilassarsi. Sognò di giocare a palla con un gruppo di attraenti ragazze. Bellissime signorine bionde con riccioli incantevoli e labbra rosse dotate di un corpo di belle forme. L'erba verde e tagliata di fresco e un odore di muschio. La palla accarezzava alcuni mucchietti rossi e si muoveva come attirata da una calamita. Mentre l'investigatore osservava il prato, dal cielo esplosero dei tuoni. Di colpo l'azzurro sembrò subire una metamorfosi, e il cielo si dipinse di nero. E senza ragione, calò la notte. Uno scampanellio lo fece sobbalzare dalla poltrona. Si era assopito e aveva sognato per un attimo meravigliose fanciulle da favola e la notte scura e minacciosa. Andò ad aprire e un tipo vivace con addosso jeans chiari e maglia blu elettrico lo afferrò per il colletto.

«Mi aiuti!» esclamò, entrando nell'atrio.

«Perdiana!»

«Mazacara, mi aiuti!»

«Mazavara» lo corresse.

L'uomo era robusto e indossava stivali di cuoio. Portava orecchini d'argento e un braccialetto di pietre viola ametista. Gli occhi attenti e grandi, con ciglia lunghe e labbra carnose. Lasciò andare il detective e si mise le mani sulla massa di capelli corvini.

«Al suo servizio. Prima di tutto si calmi. Su, venga nel mio studio» lo invitò Jed, cercando di controllarsi. Non gli piacevano certe sorprese, e nemmeno il colletto troppo stropicciato. Il nuovo venuto sembrava stanco. Le mani tremavano violentemente e una grande paura vi era evidente. Chissà quale sciagura!

«Mi chiamo Mango. Sono di origine inglese, e dopo la morte dei miei genitori mi sono trovato un bel daffare con la campagna.»

«Capisco. Senta, a me interessa sapere cosa la preoccupa e non la nota biografica. Se la campagna ha a che fare con il suo problema, allora inizi da lì.»

«Ha ragione. Mi scusi, ma da giorni trovo difficile ogni contatto. Non so più cosa dire o fare, deve sapere che sono un brav'uomo e di buona famiglia.»

«Certo, le credo» lo interruppe Jed con gentilezza. Mango chiuse per un attimo gli occhi, pallidissimo.

«Lei è colto? Se ne intende di arte?»

«Arte? Qualcosa.»

«Pittura?»

«Dipende. Perché questa domanda?

«Opere di Sandro Botticelli?»

«Naturalmente.»

«Ritratto di giovane donna?»

«Non è male» replicò l'investigatore.

«È magnifico!»

«L'opera disturba la sua quiete?» sorrise Jed.

«Ebbene, il dipinto è stato a casa mia e poi è scomparso. Squagliato. Sparito!»

«Magari sarà stato un ladro, no?»

«Mi rendo conto che non mi crede, signore.»

Jed alzò le spalle. «È difficile. Tuttavia, se desidera l'accompagno alla sua abitazione.»

«Non sono matto!» urlò a un tratto Mango.

«Non ho detto questo.»

«Mi aiuti! Il dipinto c'era… sono passati giorni… forse addirittura mesi… ma c'era! Glielo giuro! Il dipinto…»

«Lei è sconvolto; la prego vivamente di controllarsi.»

«Mi aiuterà?»

«Certamente. Ma solo in veste di consulente direttivo.»

Il cliente, in stato di choc e incapace di fare altre domande, prese il polso destro dell'investigatore e gli mise in mano un foglietto bianco e piegato male.

«Questo è il mio recapito telefonico, abito in via Serce numero 22. Le va bene nel pomeriggio?»

Jed annuì e poi lo accompagnò alla porta. L'uomo sussultò per un breve istante, poi se ne andò con le mani in tasca soprappensiero.

Il pomeriggio ci mise un po' ad arrivare. Jed uscì con un sole che incendiava le nuvole immacolate a forma di angeli, il tutto trasfigurava una battaglia epica. Mentre osservava affascinato le nuvole elevate, una piccola abitazione tozza ma costruita con cura fece la sua apparizione dietro un misero giardino con un alberello macchiato di un color castagna.

Jed, raggiunto il portone, suonò il campanello. Poco dopo l'uscio si aprì, e Mango lo fece entrare nell'appartamento. L'atrio dalle pareti chiazzate di grigio sprigionava un odore acre. C'erano quadri rotti sopra un tavolino di legno e polvere in ogni angolo.

«Mi scusi del disordine» fece il padrone di casa. «È da un po' che non viene fatta pulizia.»

«Non si preoccupi» sorrise Jed.

«Di là c'è la stanza da letto, a destra il bagno e a sinistra la cucina. È un appartamento piccolo, e la soffitta è il luogo del delitto.»

Il detective alzò le sopracciglia. «Scusi?»

«Il corpo del reato, no? Il dipinto di Botticelli.»

«Ah, capisco. Beh, gradirei dare un'occhiata alla soffitta. Il luogo del delitto, non le pare?» fece Jed ironico.

«Non vuole gustare del vino pregiato prima?»

Jed rifiutò l'offerta, e il padrone di casa lo condusse nella mansarda. Il locale puzzava di giornali vecchi, materassi umidi e fumo. Un chiarore vago e ambiguo inondava ogni spigolo. Sulla parete sinistra era disposta una sfilata di bottiglie vuote col tappo di sughero. Sopra un tavolino di legno c'erano dei grossi libri di autori poco noti.

Mazavara esaminò ogni angolo con movimenti rapidi e acuti, mugugnando. Spostò qualche materasso e fumetti western, ma non trovò niente d'interessante, a parte polvere. Il maledetto pulviscolo che con le sue ragnatele invisibili agguantava ogni spazio vuoto cospargendolo di patina grigia.

«Il dipinto era sopra i materassi.»

«Considerato che non c'è segno di scasso, l'intrusione di un ladro è da escludere» disse il detective, osservando nuovamente le bottiglie di vetro allineate.

«Non ci sono ladri qui in giro» replicò l'altro alzando le spalle.

«Posso dare un'occhiata al resto della casa?»

«Sicuro.»

Le altre stanze erano poco arredate. La stanza da letto era abbellita con carta da parati color salmone punteggiata di nero. Un letto moderno a una piazza e mezzo, e qualche mobile di materiale scadente. Il bagno con doccia dal pavimento azzurro chiaro mandava un fetore di fogna. Stretto e lungo, e una grossa bottiglia vuota troneggiava sopra il mobiletto per la toilette. Jed esplorò ovunque riportando alla luce boccali, fiaschi e bottigliette di alcolici. E altre bevande alcoliche sbucarono dietro il frigorifero, in cucina. Piatti sporchi colmavano l'acquaio.

«Lei beve, e anche molto» osservò.

«Lo ammetto» fece Mango con l'espressione stravolta.

«Un alcolizzato, a quanto pare.»

«Il Botticelli è stato qui! Quante volte glielo devo dire?»

«Lei ha visto il famoso dipinto di Botticelli "Ritratto di giovane donna" grazie alla quantità di liquido che stava qui dentro.» Il detective agitò la bottiglia di vetro che aveva preso in mano.

«Sono in cura, signore» si difese il cliente, esausto. Poi scoppiò in singhiozzi tremando come una foglia.

Il detective si rabbonì. Posò una mano sulla spalla del cliente e disse: «Ha avuto una percezione illusoria, hm? Magari è un ricordo di scuola o rappresentazioni viste su libri d'arte pittorica?»

«Io l'ho visto veramente» piagnucolò il padrone di casa con gli occhi rossi.

«Adesso si calmi, su. Le preparo un caffè, le va? Anzi, una tazzina la prendo anche io.»

«Buona idea. Faccio io il caffè, lei prenda le tazzine nella credenza a sinistra.»

Jed fece come ordinato. Aprì la porticina del mobile e prese due tazze con piattino in ceramica notando chincaglie di porcellana sbeccate. E il tutto disordinato come se un ladro vi avesse frugato dentro in cerca di qualcosa. Quando si voltò verso la tavola, rimase attonito da ciò che vide. Un dipinto di Vincent Van Gogh oscillò nell'aria per pochi secondi e poi svanì. L'opera istoriata, all'apparenza infantile, incredibilmente si era materializzata nella stanza come per magia. Che stava succedendo? L'appartamento era infestato dai fantasmi o Mango era un abile illusionista?

«Cristo!» esclamò. Si tastò la fronte cercando il caldo sintomo della febbre per convincersi che ciò che stava accadendo fosse per colpa dell'influenza. Era apparso uno dei dipinti, probabilmente il più citato, del pittore, ossia   "Notte stellata".

«Cosa?»

La voce del padrone di casa lo richiamò alla realtà.

«Mi è passata la voglia del caffè, mi dispiace. Adesso devo andare. E… si curi.»

Uscì all'aperto, lasciando Mango nel più totale sbalordimento. Cosa stava accadendo? Caso strano. Un enigma troppo complicato per lui. Lasciò viaggiare i pensieri. Probabilmente in quell'abitazione c'era qualche droga in polvere sparsa ovunque che, se inalata, immagazzinava nella mente visioni di affreschi. Non era un caso per lui. Forse era solo stato condizionato da Mango.

Tornò a casa, nel suo studio, e si gustò una mela.

Quante volte aveva visitato quell'appartamento. Jed aveva perso il conto. La voce di Ambra rimbombava nella sua mente come il suono musicale di uno strumento. Aveva menzionato il professore di storia, e scoperto una cosa importante. E poi era Svanita. Dileguata, lasciando come unica traccia un piccolo villino in periferia di un certo Valifo Noigia.

"Vado dal professore! Ho scoperto una cosa straordinaria! Jed, ti voglio bene". Al ricordo di quelle parole gli bruciarono gli occhi. Anche lui voleva bene alla sua sorellina. La prima volta che aveva messo piede in quella dimora era stato dopo la telefonata, compiendo pure una piccola effrazione. Agguantò con rabbia una bussola e la scagliò sul muro di fronte, e udì leggermente il rumore metallico quando l'oggetto colpì la parete. La cosa eccezionale era che aveva scoperto che questo tale, Valifo Noigia, era un genio. Un inventore. Oltre alla bussola trasportatrice e il tessuto mimetico, aveva trovato documenti, carte, libri, quaderni, pergamene e scritti a mano in casa. E la grafia corrispondeva perfettamente alla rettifica di un compito in classe di sua sorella che il professore aveva corretto. Cosa era accaduto? Il poncho non era una grande scoperta, ma la bussola trasportatrice, quella sì che era straordinaria. E sua sorella era sparita per questo o c'era dell'altro? Dov'erano tutti e due? E i notiziari avevano accennato poco della misteriosa scomparsa di una studentessa e di un professore. E tutti, compresi parenti e amici, sembravano aver dimenticato la cosa con un "mi dispiace". Si mise a piangere. La luce del giorno spandeva un lieve bagliore ovunque, e per consolarsi fissò a lungo gli oggetti posti in bella vista su uno scaffale di legno come fossero articoli esposti in una bancarella del mercato. Era un luogo con i ripiani pieni zeppi di vecchi volumi impolverati. La scrivania coperta di fogli ingialliti e di oggetti strani. E ovunque c'erano bussole, orologi da taschino, da polso, e orologi che fungevano anche da bussola e cronometri. Una gigantesca armatura ben mantenuta faceva la guardia a un grosso baule marrone, come se lì ci fosse nascosto un tesoro. Un cappello a cilindro sembrava celare un grande segreto. Sul tavolo in cucina c'erano i resti di una cena e una lampada al neon era appoggiata su di un seggiolino. Un panno verde, simile a quello dei tavoli da biliardo, copriva un meccanismo alto circa un metro e venti. Tirò un lungo sospiro e promise a se stesso che sarebbe ritornato nell'appartamento, come sempre. Avrebbe voluto trovare la via più adeguata, ma le corde della sua chitarra erano troppo deboli per trovare la sinfonia giusta per entrare nella tromba delle scale che lo avrebbero portato alla soluzione del mistero. La sua testa stava per scoppiare come un palloncino e davanti ai suoi occhi cominciava a vedere un uncino. In realtà lui non era un investigatore o un consulente, ma un semplice pubblicitario. E il lavoro rendeva poco, ma non era sposato e non aveva figli. Aveva amato una donna di nome Fabiola una volta. Si erano scambiati promesse d'amore e tante carezze, ma poi lei l'aveva tradito. Una brutta esperienza che, come una malattia, lo aveva divorato nel corpo e nell'anima. Afferrò la maniglia della porta d'ingresso e uscì.

All'aperto il sole avvinghiava ogni singola cosa e colore. Il vento soffiava e le nuvole si muovevano come pesci in fondo al mare. Era una cosa strana, innaturale, come se tutto volesse cambiare per fare un dispetto a qualche dea. Grossi alberi svettavano nel cielo come faine senza paura decise a difendersi contro ogni creatura.

La piccola città si stava svegliando lentamente e dolcemente. Un profumo di pasticcini appena fatti si materializzò nell'aria calmando l'irritazione di Jed. Di ritorno a casa fece una doccia e un'abbondante colazione. Sistemò il poncho sull'attaccapanni e il trasportatore nel freezer. Aveva scoperto che l'apparecchio era incline a caricarsi di energia se conservato al freddo. Una volta aveva cercato la sorella in montagna, in mezzo alla neve, al gelo. E fu lì che per la prima volta aveva visto il bagliore azzurrino di energia emanato dalla bussola trasportatrice.

Aveva operato, compiuto viaggi assurdi con quell'oggetto. Bastava regolare sul retro il nome del luogo scelto, la città, la via, eccetera. Quando era al massimo di energia, trasportava più velocemente oggetti e persone da un luogo a un altro. Ma se invece l'oggettino era completamente scarico, fungeva da una normale bussola da quattro soldi. Più che straordinaria, la cosa era spettacolare. Ma un lato svantaggioso non mancava. Alle volte gli effetti dell'apparecchio si facevano sentire con vomito, diarrea o capogiri.

All'improvviso suono del campanello della porta, trasalì. Anche se non teneva la porta chiusa a chiave o con catenacci, non c'era motivo di farsi prendere dal panico, dopotutto era un uomo robusto e in forma, capace di difendersi e difendere i più deboli. Chi poteva mai essere a quell'ora antimeridiana? Andò ad aprire, e il visitatore si rivelò essere una donna carina dagli occhi grandi e azzurri. I capelli biondi e lunghi che le coprivano le spalle come un foulard di pelliccia, dovevano essere soffici al tatto. Il naso pronunciato non le donava. Il pallore del viso la faceva sembrare una ragazzina timida e indifesa, ma doveva superare i trent'anni.

«Che fortuna!» esclamò la donna invadendo l'atrio con la lunga e larga gonna a campana.

«Mi scusi?»

«Il signor Mazavara?»

«Per caso le ho dato il permesso di entrare?» chiese Jed. Era l'abbigliamento? L'atteggiamento?

L'ora mattutina? Ma il nervoso lo punzecchiava come un filo spinoso. O forse perché in realtà era sempre stato bravo a capire le persone e l'impressione di correre dietro alle farfalle era sempre in agguato e non poteva farci niente.

«La prego, ho bisogno del suo aiuto. Si tratta di Zampo Saturno.»

«Cos'è? Un nuovo dolce alla marmellata?» replicò sarcastico.

«Zampo Saturno dista quaranta chilometri da qui.»

Jed la fece accomodare nel suo studio, con l'espressione di un bambino in cerca di un cioccolatino. Non aveva mai sentito parlare di questo paese. Poteva anche essere una landa desolata, una campagna incolta con quattro case oppure un giardino pubblico. Che fosse una contrada colma di fosse o una strada piena di lampioni, cosa gliene importava? Ma il nome non lo convinceva. Ma non poté fare a meno di chiedersi cosa volesse in realtà la visitatrice mattutina.

«Mi racconti.»

«Ho un problema con il sepolcro di mio marito» spiegò la donna senza indugio.

«Che si trova nel cimitero di Zampo Saturno» fece Jed.

«Zampo Saturno è un cimitero, e ho bisogno che lei vada ad indagare chi mette quelle cose orribili sopra la lapide del mio povero marito defunto.»

«Calma, una cosa alla volta. Innanzitutto, chi e lei?»

«Il mio nome è Milena Loretti. La vedova Milena.»

«Che è vedova me l'ha già dato a intendere. Dunque, Milena, qualcuno trafuga gli oggetti che lei mette sopra la tomba?»

«Al contrario! Uno sconosciuto colloca sulla tomba del mio defunto marito orribili oggetti.»

«Che tipo di oggetti?»

«La prima volta un ragno di gomma, grande quanto una mela e nero come un carboncino.»

«Forse lo scherzo di qualche ragazzo, hm?»

«Ma niente affatto! La seconda volta vi ho trovato un indumento intimo femminile, e la terza, una siringa con dentro del liquido rosso.»

«Questo è preoccupante. Si è rivolta a chi di dovere?»

«Nessuno fa il suo dovere dove vivo io» rispose acida la donna.

«Capisco. E poi?»

«Niente.»

«E cosa ne ha fatto delle tre cose?»

«Le ho gettate. Mi può aiutare? Forse sono in pericolo?»

«Non drammatizzi. Il nome del defunto?»

«Davide Montello.»

«Mmm… andrò a dare un'occhiata, non posso prometterle

altro. Mi permetto però di dirle che ha fatto male a gettare via quella roba.»

In fondo, era tanto che non viaggiava in treno. A Jed sarebbe piaciuto usare il teletrasporto, ma la signora Loretti aveva insistito sull'utilizzo del veicolo ferroviario. "Era meglio la bussola trasportatrice" pensò, guardando fuori del finestrino. I capelli scuri e lunghi parevano appena stati acconciati da un parrucchiere inesperto. Il volto logorato dalla vita quotidiana. E tutto per colpa di un professore che aveva rapito sua sorella o ne era responsabile. Cominciava a convincersi di questo. La ragazza era andata da lui per parlargli, ma di cosa? Sbuffò. Alcune colline spuntarono dietro a caseggiati e alberi per mostrare la loro naturale bellezza e sfumatura. Anche se il treno era comodo e caldo, non vedeva l'ora di arrivare perché il tran tran iniziava proprio a dargli nausea.

Oltre all'andamento monotono del convoglio a infastidirlo, c'era anche il chiacchiericcio di un paio di turisti che, con sorriso smagliante, osservavano la campagna e sembravano appunto parlare dell'immenso contado.

Jed notò alcuni posti vuoti dalla parte del corridoio e pensò a come fosse semplice pigliare un treno e uscire dalla noia. Guardò i sedili in seconda classe vuoti e poi fu richiamato dalla voce del citofono che annunciò la sua fermata. Si alzò e si preparò per uscire. Scese dal trenino e immediatamente sentì il calore dell'interno della carrozza svanire, e l'abbraccio di un freddo polare.

Si guardò intorno con grande cautela. Non c'era nessuno. E ovviamente si era armato di bussola e poncho.

La città di Zarata era lontana circa quaranta chilometri, ma la Loretti gli aveva dato l'indirizzo di un piccolo albergo a pochi metri dal cimitero. Avrebbe preferito starsene a casa con un buon brodo caldo di gallina e un pezzo di crostata alla marmellata. Non sapeva in realtà cosa fosse a spingerlo a proseguire, se per semplice curiosità o per pietà. Di certo la sua cliente aveva dimostrato che forse poteva trattarsi davvero di una qualche minaccia. Rimase immobile per un istante, udendo il fischio del treno allontanarsi. Con gli occhi ormai abituati all'offuscamento del luogo, si avventurò per la stradina lunga e stretta debolmente illuminata da piccole palline gialle dei timidi lampioni. Il cielo era di un colore velluto chiazzato, fasci di nuvole plumbee fluttuavano come fossero strane cose volanti. Camminò lungo il marciapiede di una strana tonalità bruna, come se ci fosse stato sparso del terriccio per coltivarvi delle piante. Un rumore assordante lo infastidì. Capì che era solo un cancello arrugginito che rumoreggiava sospinto dal vento. Sembrava strepitasse, come se volesse cacciarlo via da Zampo di Saturno. E poi piccole lapidi fecero la sua comparsa come fossero resti di una bella architettura commemorativa. La luce delle lampade situate nel terreno era debole, ma si distinguevano comunque i nomi incisi sulle piastre. Iniziò ad avere una brutta sensazione. Si spostò lievemente a sinistra ed entrò nel camposanto, ma si fermò quasi subito, udendo un trillare.

Un uomo grasso, con un giubbotto e cappello bianco e una folta barba bruna fece la sua comparsa dietro un monumento. L'individuo torreggiò come un campione aperto a ogni sfida, e fece scivolare il cappello a punta nella mano lasciando vedere una folta capigliatura rigata di grigio. Si guardò intorno, e poi imitò il miagolio di un gatto. L'istante dopo giunse un secondo uomo. Magrissimo, con i capelli unti e addosso un abito verde macchiato di blu. I due, uno accanto all'altro, formavano la brutta copia dei celebri comici Stanlio e Olio.

Jed, vivamente impressionato dalla loro presenza, indossò il tessuto mimetico e si collocò tra un sepolcro e un albero che si innalzava timido nel cielo della notte. Osservò i due tizi per un po', sorridendo addirittura. I nuovi venuti saltavano sul terreno come grilli impazziti. Poi presero a dar calci alle lastre tombali ridendo a crepapelle. Jed intuì che erano solo dei pazzi. Ma la loro mancanza di rispetto per i defunti lo spinse a fare qualcosa per fermarli.

«Viaaa!» esclamò imitando un perfetto fantasma. Quello più magro sollevò la testa, liberandosi da una ciuffo di capelli untuosi dalla fronte. Guardò nella direzione dove l'investigatore era posizionato, ma vide solo una macchia scura che scambiò per flora. La sua reazione fu solo di sorpresa.

«Sentito qualcosa?» chiese al compagno.

«Cosa?» rispose l'altro, e scoppiò a ridere. I due ripresero a fare quello che avevano interrotto. Per loro era un modo per divertirsi. Niente sere al bar, partite a poker o una danza con una bella ragazza. Jed non poteva avvicinarsi più di tanto, si sarebbero accorti di sicuro della sua presenza. Non era certo un luogo per trascorrere una vacanza, ma lui era lì per lavoro, anche se questo comportava il rischio di qualche incontro poco opportuno. E quei due bizzarri individui gli recavano noia.

«Viaaa! Sono il fantasma di zia Piaaa!» Questa volta fu il tipo pingue ad alzare la testa esterrefatto.

«Chi va là?»

«Crillone, hai sentito qualcosa?» chiese rivolgendosi all'amico smilzo.

«Sì, Peperone, proviene da quella tomba vicino all'albero.»

Crillone? Peperone? Ma dov'era finito, in un film comico di serie B? Indubbiamente erano dei soprannomi, ma quei due avevano davvero poca fantasia.

«Andiamo a vedere?» propose Peperone. Crillone però tremava di paura. «No, andiamo via. Basta per stasera, peperoncino mio.» Afferrò il braccio robusto del compagno e lo convinse a uscire dal camposanto. Jed trattenne a stento le risa.

Che roba! Se ne erano andati altrove, e poteva così vigilare meglio sulla tomba dell'estinto e del misterioso personaggio dai doni incomprensibili. Ma la notte passò. E la prima luce del mattino fu bella, anche se priva di allegria. Un altro giorno da affrontare. Altre ore da attendere. Altri pensieri, visioni e domande cui pensare. Ambra. Quello era il suo obiettivo, il suo compito. Ritrovare sua sorella. C'era qualcosa di strano nell'abitazione del professore. Qualcosa di enigmatico e indecifrabile che gli sfuggiva, e lo sentiva. Qualcosa di nascosto. Forse un segreto celato che doveva essere svelato?

Aveva osservato una cosa, ma non ricordava quale fosse. E comunque non poteva concentrarsi su sua sorella e la misteriosa abitazione, non era il momento. Passò un'altra notte. Un altro giorno e un'altra notte. Si riposò all'hotel suggerito dalla cliente. Si rifocillò e poi tornò alla sorveglianza armandosi di pazienza. Pensò quanto ancora avrebbe dovuto aspettare per imbattersi col misterioso tizio.

Il piccolo cimitero era immerso nel silenzio e nulla sembrava modificare il manto di quiete che lo sovrastava. Le luci delle lampade si spensero d'improvviso, e gli alberi parevano vegliare il lungo sonno dei defunti. Viluppi di frasche sembravano fare a lotta per abbracciare alcune tombe di marmo ben dritte. Jed pensò che il freddo autunnale volesse a tutti i costi attirare l'attenzione, e ce la stava mettendo tutta. Si tirò su il colletto del giaccone e attese vicino a un albero sentendosi come un barbone. Certo che era un fatto davvero insolito. Non aveva mai fatto da balia a un defunto. Che senso avevano gli oggetti? Per la prima volta si rese conto di considerare realmente quello strano caso che sicuramente avrebbe suscitato interesse anche al famoso investigatore Sherlock Holmes. Ma il celebre personaggio era una creazione ben riuscita e la realtà era tutt'altra cosa. Non si sentiva un detective, ma nemmeno una finzione. Si lasciò andare a uno sbadiglio senza preoccuparsi di mettere la mano davanti alla bocca. Da bambino sua madre lo aveva rimproverato per la mancata educazione.

"La mano davanti alla bocca quando si sbadiglia, o gli elfi ti prenderanno per il tuo scorretto comportamento." Lo sbadiglio a lui piaceva e lo rilassava, anche se alle volte dimenticava di portarsi la mano davanti alla bocca. E poi era solo nel camposanto e lo sbadiglio non aveva recato disturbo a nessuno. Sbadigliare e non mettere la mano davanti alla bocca era male? Lo sbadiglio è contagioso? Segno di stress? Noia? Sonno? C'è chi pensa sia segno di fame. Ben venga. E magari liberamente accompagnato da qualche stiracchiamento. Ad un tratto, una figura davanti al cancello lo distolse dai suoi pensieri come se avesse ricevuto un'ondata d'acqua gelata. Era una persona bassa di statura con favoriti castani. Indossava un berretto blu e una giacca arancione aperta che lasciava intravedere una cintura logora in pelle nera. Il viso ovale, pallido, con lentiggini sulle guance. Costui batté ripetutamente le palpebre, come fosse un tic nervoso, e si avviò verso la tomba di Davide Montello. Quando fu davanti estrasse dalla tasca dell'orribile giaccone un mazzetto di fiori e un turacciolo di sughero. Appoggiò il tutto sopra la lapide. Poi all'improvviso l'espressione del volto cambiò. Egli, non credendo ai propri occhi, palpeggiò il terreno a destra e a sinistra. Fu allora che Jed decise di avvicinarsi.

«La moglie del defunto ha fatto pulizia» comunicò.

L'uomo si girò a guardarlo e, dopo un paio di colpetti di ciglia, chiese: «Lei chi è?»

«Il mio nome è Jed Mazavara e la stavo aspettando.»

«Aspettava me? Perché?» chiese curioso.

«Questo deve dirlo lei a me. Per quale motivo ha messo quelle cose sulla tomba?»

«Quali cose?»

«Sa benissimo di cosa sto parlando. La siringa, un ragno e un indumento intimo femminile che lei...»

«Ha ragione» lo interruppe brusco l'ometto.

«Facciamo due passi, venga.» S'incamminarono lungo la stradina disseminata di foglioline, cullati da un cielo sereno.

«La vedova è inquieta e io sono curioso, lo ammetto» fece Jed.

«Davide e io eravamo iscritti allo stesso corso di kendo.»

«Kendo?»

«Ha dimestichezza con il kendo?»

«Signor...»

«Alfio Santin.»

«Alfio. Beh, il kendo è un'arte marziale, uno sport competitivo a mio parere.»

«Il kendo è molto più di questo. È una strada che unisce il corpo e la mente. Una crescita personale e un'ottima disciplina. Mantenere alto l'onore e la cortesia. La "Scuola di estensione dello spirito" era per noi una seconda casa.»

«Capisco.»

«Io e Davide avevamo fatto un patto. Deve sapere che lui uccideva i ragni, non aveva rispetto per gli insetti.»

«Anche a me capita di uccidere qualche insetto. E allora?» fece Jed sempre più incuriosito.

«Mi lasci finire, per favore.»

«Mi scusi.»

Uscirono dal cancello e si avviarono verso l'albergo vicino, osservando un rapace svolazzare in cerca di cibo.

«Davide disprezzava le donne. Poi la droga e l'alcool. Alla fine promisi a lui una cosa: porre alcuni oggetti sulla sua tomba se fosse morto prima di me, ciò che è spiacevolmente accaduto.»

«Continui, la prego.»

«Il ragno innanzitutto. Nella mitologia di molti popoli rappresenta il male, ma ha anche un aspetto
positivo. È un simbolo di fortuna.»

«Il classico ragno porta guadagno» fece Jed.

Il suo interlocutore abbozzò un sorriso. «Vede, anche gli aracnidi sono  creature e appartengono alla natura. L'indumento intimo femminile perché una donna va sempre rispettata. La siringa con l'inchiostro rosso…»

«Quindi era inchiostro?»

«Certo, nulla di male in questo.»

«Continui.»

«La siringa con l'inchiostro, naturalmente, perché la droga uccide.»

«Ma lo sanno tutti che la droga fa male.»

«Nonostante questo è aumentato il numero di tossicodipendenti nelle città.»

«Posso capire il mazzo di fiori, ma il tappo di sughero che aveva in mano prima?»

«Che abusare troppo dell'alcool fa male» rispose Alfio sentenzioso.

«In pratica Davide aveva preso una brutta strada, è così?»

«Sì. Dopo il corso di kendo non l'ho più visto e sono venuto a sapere del matrimonio e del decesso da un mio amico che ha un ristorante a Ginevra.»

«Capisco. Un po' curiosa la cosa.»

«La realtà. A modo mio, ho salvato l'anima di Davide. Peccato che la signora…»

«Ha gettato via tutto. E dovrò informarla della nostra interessante conversazione. Dunque, lei ha celebrato un rito?»

«Se le fa piacere pensarla a questo modo, le rispondo di sì.»

Si fermarono davanti a un portone tutto ornato di ottone. La maniglia curiosamente a forma di un crotalo di dimensione ridotta pareva armeggiare con la serratura.

Jed spostò verso il basso la maniglia della porta, più per togliere la suggestione di orrore che trasmetteva che per entrarvi.

«Lei alloggia qui?» Jed annuì. «Ovvio! È l'unico albergo a Zampo Saturno.»

«Da molto?»

«Questo non lo so, dovrebbe chiederlo al direttore.»

Alfio si lasciò andare a una fragorosa risata.

«Forse mi sono espresso male, amico. Chiedevo… lei alloggia qui da molto?»

«No.»

«Mio zio ci lavora, è il direttore.»

L'investigatore alzò un sopracciglio. «Ah! Ecco.»

«Purtroppo in questo periodo ha dei problemi. I clienti scappano via!»

«Vista la collocazione, non hanno torto.»

«Non si tratta della vista del cimitero, signor Mazavara. Alcuni clienti sono scappati via terrorizzati dai mostri.»

«Mostri?»

«Le è capitato di sentire qualche rumorino strano?»

«No.»

«Qualcuno giura di aver visto un mostro con mani scheletriche e unghie lunghe e affilate.»

«Mi dispiace per suo zio» disse Jed.

«Potrebbe aiutarlo?»

«No. Non posso proprio rimanere.»

«La prego, dia almeno un'occhiatina. È impensierito, mi creda.»

«Solo un'occhiata, d'accordo? Se non cavo un ragno dal buco, io me ne vado.»

Per alcuni istanti i due rimasero immobili come statue di cera a guardarsi negli occhi. «Bene. Non si sa mai, potremmo trovare una viella e suonare fino a che i mostri lasceranno in pace i clienti» celiò l'investigatore.

«La viella?»

«Un po' come la viola» rispose Jed. Da piccolo aveva preso lezioni di violino. Aveva imparato a stare dritto tenendo l'archetto correttamente, e suonato note strozzate, stridii da spaccare i timpani.

Quella volta la malinconia l'aveva schiacciato come una pulce. Ma il maestro lo aveva tirato su di morale con fare paterno. Alla fine delle lezioni il violino aveva preso una parte del suo corpo: il cuore. Lo strumento gli aveva insegnato a vedere con gli occhi chiusi la vita davanti. E poi, uscendo dal ricordo d'infanzia, entrò nell'hotel Saturno seguito dal fragile e baffuto ometto.

# I mostri dell'hotel
## Parte 4

Da una parete scendeva una catenella di ferro che pareva quella per lo sciacquone del water. Era un luogo privo di finestre, colmo di tavoli e scaffali che supportavano oggetti bizzarri e luccicanti.

Alcuni voluminosi che realizzavano un ambiente perfetto per una rassegna di opere culturali. Bussole, sveglie, orologi, pendolini, cassette metalliche, scatole di rame, reliquiari per cose preziose, piccoli ingranaggi e strani meccanismi fuoriuscivano da ogni angolo. Sembrava il laboratorio di uno scienziato. Una mano lunga, leggera e rossiccia comparve dal nulla.

Jed, nel momento in cui sentì toccarsi sulla spalla, si scosse da quello che sembrava un sogno o un déjà vu. Lo strano fenomeno si sciolse come un gelato al sole lasciando posto alla realtà, alla concretezza. Ma cosa gli stava succedendo? Troppi viaggi col fantastico teletrasporto? Doveva smetterla di usarlo. Iniziava a perdere la ragione, l'immagine di se stesso e, soprattutto, a non distinguere la realtà dall'illusione. Che in qualche modo l'oggetto disturbava la sua mente? Chissà. Era sempre stato cauto e attento. Il fenomeno era un ricordo. Oggetti simili li aveva visti in quella casa dove spesso passava delle ore. Cominciava ad odiarla.

«Tutto bene?» Jed fece cenno di sì col capo. «Possiamo procedere» disse a voce appena percettibile.

All'interno dell'hotel Saturno l'eleganza non splendeva. Due stelle e non era dotato di tutti i comfort. Le 24 camere erano nella norma, spaziose, tutte uguali dal soffitto bianco e dal pavimento a parquet noce. Ogni stanza era dotata di una finestra coperta da una tenda a righe blu e marrone. Il letto alla francesina, e su un lato una scrivania color castagna e una sedia in legno. A sinistra un piccolo letto singolo e povero, mentre il soffitto niveo era incorniciato da una striscia giallognola. Un'atmosfera accogliente e confortevole, e il bagno piccolissimo era dotato solo di water closet, un lavandino e una comunissima doccia troppo stretta anche per un ragazzo. Mancavano l'asciugacapelli e la carta igienica. E naturalmente anche i vari oggettini da toilette in omaggio per i clienti. Non c'era la televisione, il frigorifero e il cuscino in aggiunta tanto caro a molti frequentatori di alberghi.

«È sicuro di sentirsi bene?» chiese Alfio, osservandolo attentamente.

«Sto che è una meraviglia» rispose Jed.

Si avviarono lungo il piccolo e stretto corridoio che conduceva alla reception. Una corsia dal tappeto impataccato di un grigio fumo. I muri di un color freddo dove qualche quadrello disperato sembrava far di tutto per mettersi in bella vista. E poi il banco dell'accettazione si presentò come un vice capo reparto di un supermercato dove il direttore vi era affaccendato con fogli e firme.

«Zio Fernando?» chiamò Alfio.

Fernando alzò la testa dai pezzi di carta con uno scatto improvviso. Appoggiò la penna sul bancone delicatamente come se fosse fatta di vetro e temesse di romperla. Era un uomo corpulento, vestito elegante con una cravatta blu che fluttuava a ogni suo movimento e sembrava dotata di vita propria. Occhi che sembravano due buche nere e profonde, e il naso rosso come se fosse stato eccessivamente sfregato.

«Nipote mio! Come mai da queste parti?»

«Sono venuto per un amico. Lui è Jed Mazavara, alloggia qui.»

«Sì, il signore lo riconosco. Posso fare qualcosa per voi, ragazzi?»

«Credo che potrei fare io qualcosa per lei» intervenne Jed.

«Sì, zio. Vedi, gli ho sintetizzato il tuo problema.»

Il direttore perse ogni vivo colore sul volto.

«E in che modo?» chiese, con un velo d'ira nella voce.

«Direttore, io ho un altro caso per le mani, e in più devo far ritorno a Zarata per un responso. Tuttavia, sono disposto ad aiutarla per volere di suo nipote. Lei ha un problema con l'hotel che forse io potrei chiarire…»

«Non c'è soluzione propizia per quei mostri!» lo interruppe il responsabile agitandosi e facendo svolazzare la cravatta.

«Non si agiti così. Una soluzione c'è sempre.»

«Scusatemi. Venga, le faccio vedere la stanza dove è stata vista la prima volta una di quelle creature. Prego, da questa parte.» Cambiò atteggiamento ad un tratto e Jed ne fu quasi contento.

Percorsero il corridoio ed entrarono per una porta che dava alle scale. Salirono fino al secondo piano e si fermarono davanti alla stanza numero 3.

Il dirigente estrasse dalla tasca dei pantaloni una chiave argentata con una medaglietta di rame dove vi era inciso il nome dell'hotel. Mise la chiave nella toppa e girò tre volte a sinistra, dopodiché aprì l'uscio rivelando una comune camera che non aveva niente di anomalo. Era apparentemente come tutte le altre, e ciò che la rendeva un po' differente era la quantità di polvere sparpagliata dappertutto che pareva bambagia grigia. La finestra, anch'essa sporca, lasciava vedere confusamente il camposanto coccolato dalla luce del giorno, e su un ripiano a destra, vicino alla porta del bagno, emergeva una scultura contornata dal pulviscolo silenzioso.

«Mi dispiace per il disordine e la sporcizia.»

«Non si preoccupi. Avrò bisogno di qualche straccio, attrezzi, un casco di protezione, una torcia elettrica e se possibile la planimetria dell'albergo.»

«Che vuole fare?» chiese Alfio sorpreso.

«Avete notato che sul pavimento ci sono delle orme? E vedete lì? Vicino all'angolo?» Jed puntò l'indice verso il bagno, accanto alla porta.

«Polverone? E allora?»

«Non è polvere, bensì un pezzo di parete crollata.»

In effetti, proprio vicino la toilette, c'era un buco bigio come il fumo di una ciminiera.

«È sporco» fece il direttore impallidendo.

«Non è sporco. Lì c'è una cavità e sono sicuro che porta a

una galleria, per questo mi servono le cose che vi ho chiesto» fece Jed.

«Subito?»

«Seduta stante!»

«Pensa di trovare il ragno nel buco?» chiese Alfio quasi di scherno.

«Non sono in vena di scherzare, Alfio.»

L'ometto cominciava proprio a dar fastidio, ma poteva aver ragione. C'era la possibilità di scovare qualcosa, mostro o altro che fosse. D'improvviso si sentì un rumore, uno stridore d'ingranaggi o metalli. Poteva essere un topo enorme? Ma come può un topo far tutto quel rumore?

Poi come un singhiozzo e un urlo disumano. Un grido prolungato di rabbia e orrore. Un grido capace di terrorizzare anche i defunti nel vicino cimitero.

Alfio vomitò per qualche secondo sul pavimento, e barcollò impaurito.

«Santo iddio!» agonizzò.

«Sst!»

«Che significa… cosa… che cavolo…» sproloquiò, e subito dopo abbracciò la fuga ululando che i mostri volevano mangiarlo.

Mazavara mantenne il suo sangue freddo. Rimase dov'era a guardare la sembianza materializzatasi nella stanza. Cercò di capirci qualcosa in quel grumo di ossa scheletriche, vestiti sbrindellati e un ammasso nero di capigliatura unta e cincischiata. Forse assomigliava a un bambino? Un pargoletto? Un orfano magari affamato e mal compreso e chissà da quanto tempo viveva lì. Forse un anziano senza tetto la cui colpa era di rubare i viveri dalla dispensa dell'albergo o un individuo con una mutazione genetica? Non era certo un animale da compagnia. Poi la creatura con un balzo si introdusse nel buco e svanì. Jed con imperturbabilità rimase a riflettere ancora un po' su quell'incredibile essere vivente. Non aveva assolutamente cercato di morderlo, di catturarlo, mangiarlo o altro. Aveva solo guardato l'ospite quasi con sentimento.

All'improvviso dei passi veloci e pesanti lo trascinarono fuori dalla stanza.

«Che è successo? E mio nipote?» domandò il direttore tutto agitato con la cravatta che gli dondolava davanti come per invitarlo alla calma.

«È scappato. La roba?»

«Come? Perché?»

«Si calmi!»

«Ha ragione. Ecco qua. Ho trovato il casco, la torcia, un piede di porco e la planimetria.»

Jed afferrò ogni cosa con cupidigia. Osservò il mucchio di fogli giallognoli e il piede di porco che all'apparenza sembrava un decrepito attizzatoio per ravvivare il fuoco. Poi sfogliò le piantine convinto di scoprire qualche camera segreta o passaggi occultati dal pavimento a listelli di legno. Ma ciò che mostrava e lasciava credere le carte erano abbozzi di righe e figure geometriche. Rimase chiaramente deluso, perché sicuro di trovare un tunnel che partiva dalla dispensa fino alla camera.

«Sarebbe la planimetria? E il piede di porco? Che è sta roba qua?» chiese sentendosi gabbato.

«Questo è quello che passa il convento» rispose mordace il direttore che non aspirava certo a farsi sottomettere dal detective.

Mazavara allora girò le spalle al direttore senza ringraziare, e dopo si mise il casco di protezione, e iniziò a darsi da fare col piede di porco. Per un uomo della sua stazza il buco era troppo piccolo e stretto. Doveva allargarlo abbastanza per farci passare il suo corpo forte e mascolino. Scavò a lungo e non fu per niente facile. Levò via tutto ciò che poteva di muraglia. Dopo molta fatica riportò alla luce una galleria, con fili elettrici nel soffitto e lampadine che avevano la forma di un mouse.

Gattonò fino a raggiungere lo sbocco e seguì i fili elettrici che sembravano condurre a una porta arrugginita. Con il piede di porco aprì l'uscio e fu inondato dal buio. Aleggiava odore di umido.

Con la torcia accesa proseguì intuendo che il luogo portava

quasi certamente sottoterra. La superficie del terreno s'inclinava in discesa. Le pareti erano state scavate appena, forse per dare inizio ad altri passaggi sotterranei. Il cuore cominciò a battergli forte nel petto quando scorse una figura correre e dileguarsi a sinistra. Non ebbe il tempo di dire nulla e si mise a correre anche lui. Si spinse avanti con una corsa da olimpiadi sperando di raggiungere la figura apparsa in precedenza.

«Torna qui!» esclamò. In quell'area le sue parole echeggiarono incredibilmente possenti. E poi si rese conto dove la figura fantasma lo aveva condotto. Piccole montagne di ossa sparse sul terreno come frammenti di pietre bisbigliavano tutta la loro tristezza. Gli si ghiacciò il sangue nelle vene per un attimo.

«San Giuseppe!» esclamò. Rimase turbato per un istante da teschi che parevano crescere al bagliore della torcia. Si trovava in un ossario o sotto il cimitero? Si chinò e prese un pezzo. Lo scrutò come se fosse una coppa antica, poi lo gettò via con raccapriccio. Con la torcia sollevata ispezionò il posto in lungo e in largo. L'odore rancido, la muffa, l'umido, le ossa, grovigli di ragnatele e muschio segnalavano che quel quieto ossario dimenticato da molto tempo aspettava di essere scoperto. Consultò la planimetria, ma non gli fu di alcun aiuto dal momento che era fuori dall'albergo. Jed non sapeva il perché di tutto ciò, e quello che aveva visto non era di certo un mostro. Percorse uno stretto passaggio in salita guidato dalla luce della torcia elettrica. Si rese conto che stava tremando. Non aveva paura dei morti, ma provava ansia. Cosa lo attendeva non lo sapeva, ma qualunque cosa fosse l'avrebbe messa a posto ad ogni costo. Si sentiva un grande scopritore di misteri. Non era più un ragazzino che giocava a guardia e ladri o ai pirati, però alle volte si eccitava perché le sue indagini oltre che a essere enigmatiche erano anche curiose. Secondo la logica umana, degna di attenzione era anche l'idea che la forma che aveva visto di sfuggita poteva trattarsi di un globe-trotter bloccato a Zampo Saturno. Non aveva in mente nessun piano per catturare quell'essere vivente, ma la piccola soddisfazione di aver visto confusamente uno dei mostri dell'albergo lo confortava e avvalorava. La curiosità cresceva ogni minuto e a ogni orma che lasciava sulla superficie del terreno. Proseguì verso un tunnel scuro e umido, e poi una scala a chiodi fece la sua apparizione come la bandiera di una confederazione.

Jed iniziò a salire con molta cautela avvertendo il brontolio del suo stomaco. Raggiunse una piccola botola di legno piallato e l'aprì col piede di porco come una scatoletta di tonno. Si issò piano e, sempre facendosi luce con la torcia, si ritrovò in una stanza vuota con un vecchio ascensore a destra. L'apparecchio dall'incrostatura marrone era fuori uso da chissà quanto tempo. Il lezzo che alitava all'interno gli pizzicò le narici. Alcuni frammenti di vetro, trastulli di legno, pezzi di piatti in ceramica e tegami erano accumulati in un angolo. Il pavimento di una sporcizia inammissibile e il soffitto sembrava fatto di muffa. Al lato sinistro una porta in pessimo stato dava l'impressione di crollare con una sola ditata.

Sollecitato dal fastidioso odore, Jed aprì l'uscio e si ritrovò in un corridoio  stretto e lungo.

Proseguì cauto ascoltando il rumore dei suoi passi, riconoscendo grazie al chiarore della torcia aule e piccole sale d'aspetto. Poteva trattarsi di una vecchia scuola? Un istituto? Un ospedale? Continuò osservando altri frammenti di vetro e cogliendo i cocci di vite passate all'interno di quella struttura ormai andata in rovina. Se avesse avuto una macchina del tempo invece di un teletrasporto, avrebbe potuto vedere cosa era accaduto in quel luogo che suscitava orrore. C'erano segni di bruciatura sui muri e residui di un probabile incendio. A Jed parve di sentir quel posto infelice e in un universo tutto suo. Continuò con flemma verso un passaggio dove la luce del giorno penetrava attraverso un buco nell'angolo del soffitto. Giunse davanti a una saracinesca scura e semiaperta. Capì che era rotta e si piegò per passare dall'altra parte. Si ritrovò in una stanza, e nel punto di mezzo, un vecchio tavolo rettangolare si presentava come fosse un articolo in vendita al miglior offerente, e provò la strana sensazione di trovarsi partecipe all'asta.

All'improvviso uno strepitino lo distrasse da quel pezzo antiquato. Volse lo sguardo verso sinistra e scorse una punta bianca entrare dentro una porticina a oblò. Senza perdere altro tempo si mise a correre dietro a quell'apparenza velata di mistero. Come un gatto tirò fuori gli artigli e, muovendosi rapidamente, riuscì a vedere la figura bianca alta e scarna salire su una scala a pioli. Afferrò ciò che assomigliava a una caviglia umana con destrezza e sorpresa.

«Ti voglio solo parlare!» urlò. Ma come risposta si beccò un calcione, e perse torcia, piede di porco e casco di protezione. Cadde a terra come un sacco di patate sentendo qualcosa di umido e caldo fuoriuscire dal naso. Il rosso del sangue prese possesso della sua mente per un paio di minuti, regalando al fantasma bianco l'opportunità di scappare.

Mazavara si sentì ferito fin dentro l'anima. Il mostro dell'hotel si stava prendendo gioco di lui. La rabbia dentro si accese e brillò come la luce di una candela. In quel momento ne aveva bisogno, non doveva lasciare che si spegnesse. Non doveva cedere. Reagì alla sconfitta e, come un cavaliere disarcionato, risalì in groppa al suo cavallo. Salì la scaletta dopo aver recuperato il piede di porco, l'elmetto e la torcia come fossero i suoi oggetti di battaglia. Si mosse come se lo avesse morso una tarantola, e il sedere gli faceva male per la caduta.

Nel momento in cui raggiunse l'apertura, spuntò un anziano dall'espressione austera. Evidentemente la sua presenza non gli era affatto gradita. Era qualcosa di insolito. La bruttezza e sproporzione di quell'essere attempato apparso all'improvviso erano al di sopra di ogni immaginazione. Aveva denti gialli, sporchi e storti. Scheletrico, alto circa un metro e settanta. Indossava una lunga veste bianca e sozza che esalava un odore tra canfora e sudore. I capelli grigi che gli coprivano le spalle erano cincischiati, e la barba lunga argentea sembrava il capolavoro di una divinità. Il volto pieno di grinze mostrava un'età imprecisabile. Gli occhi verdi e spenti. Le sopracciglia folte e inarcate. Allungò una mano, mostrando unghie nere e lunghe.

«Chi è lei? Che cosa vuole?» chiese con antipatia. L'alito pesante avrebbe steso anche un cane.

«Mi chiamo Mazavara» si presentò Jed, «e vorrei sapere perché lei terrorizza i clienti dell'hotel Saturno» aggiunse riassestandosi.

«Noi non li spaventiamo affatto! Il nostro è un obbligo. La mancanza di cibo» fiatò il vecchio.

«Ha detto noi, in quanti siete?»

L'anziano strinse i pugni, poi alla fine si arrese e con debole gesto, rispose:   «Siamo in cinque.»

L'uomo lo accompagnò lungo un passaggio vuoto e mesto fino a raggiungere una sala chiara e poco ammobiliata dove altri quattro vecchi se ne stavano seduti a tavola a mangiare dei biscotti.

«Dolci che provengono dalla dispensa dell'albergo, immagino» fece l'investigatore, notando con quanta avidità i presenti si sfamavano con i dolci. Provò molta compassione per loro. I volti stravolti facevano impressione. Indossavano tutti un abito bianco e sudicio come se fosse un'importante uniforme scelta per tutti gli appartenenti a un determinato istituto.

«Siamo dei miserabili» borbottò il vecchio.

«Da quanto tempo vivete in questo posto?»

«Da moltissimo tempo. Questo luogo una volta era una specie di casa famiglia.»

«C'è stato un incendio?»

«Sì, e l'abbiamo appiccato noi.»

Jed impallidì a quella straordinaria rivelazione. Si trovava di fronte a dei veri incendiari.

«Cosa vi ha spinto a tale gesto?» volle sapere l'investigatore.

L'anziano allungò la mano ossuta e indicò con l'indice il primo uomo a sinistra.

«Quello è Carlo. Poi Luca, Dannis e Andreino. Sono i miei fratelli. Loro volevano dividerci» rispose.

«Loro chi?»

«La sociale. La casa stava per essere demolita e i miei fratelli smistati come bestie. Perciò, abbiamo dato fuoco all'edificio e ci siamo nascosti qui.»

«Demolita?»

«Sì! I bastardi.»

«Quanti anni avevate all'epoca?»

«Undici. Sono passati più di cinquant'anni.»

«Mio Dio!» esclamò Jed alquanto sorpreso. Sentì un vento fantasma accarezzargli i capelli.

«E il suo nome? Me lo dice o vuol mantenere il segreto?»

«Mi chiamo Aiez Rallo. Deve sapere che dopo la morte di nostro nonno, uno dei miei fratelli ha cercato il togliersi la vita e io gli ho fatto una promessa: rimanere sempre uniti. E così è, signore.»

«Ma ora è finita. Non potete continuare a vivere in queste condizioni!» replicò Mazavara.

«E chi lo impedirà? Lei?» Aiez lo fulminò con gli occhi.

«Esatto.»

Poi Jed udì un clic e notò che uno degli anziani teneva in mano un'arma da fuoco.

«Ora faccia il bravo bambino. Getti via il piede di porco e si sieda.»

Jed osservò i presenti che ora sembravano rapaci che volteggiavano in attesa di fare la festa a qualche creatura indifesa. Evidentemente i fratelli non volevano saperne di vivere il momento presente, il futuro, non volevano uscire dal guscio. E Jed aveva altro a cui pensare, non poteva certo farsi sparare addosso da un clan di vecchi barbuti e dagli occhi rugosi.

«Sentite, io vi comprendo, ma oramai siete adulti e nessuno potrà  dividervi. Questo lo capite?»

«Perché è qui?»

«Per un favore.»

«Ho detto di gettare via il piede di porco. Avanti!»

«D'accordo!»

L'investigatore gettò via il palo di ferro e si tolse l'elmetto. Poi srotolò il poncho allacciato alla cintura e stava per indossarlo, quando Aiez lo fermò.

«Cos'è?»

«Ho freddo. Posso?»

Il vecchio rifletté un istante, e poi fece cenno di sì con la testa.

«E la pistola come ve la siete procurata?»

«Negli ultimi tempi girano dei malviventi. Il cimitero accanto lo sa meglio di noi» fu la secca risposta. E in quel mentre, Jed s'infilò il tessuto mimetico e, prima che i fratelli si accorgessero dell'omocromia, s' impadronì dell'arma.

«Che magia è questa?» domandò impressionato l'anziano. Per un attimo il detective si lasciò prendere dal panico, con il cuore che batteva come un martello. Loro erano di numero superiore anche se di una certa età.

«Avete vissuto qui come eremiti. Lasciate che ora si occupi di tutti voi chi di dovere e dei buoni medici. Forza! Nell'apertura da dove sono venuto» disse Jed minacciandoli con la pistola nella mano destra e togliendosi il tessuto con la sinistra.

«Non è la sua battaglia questa» fece uno degli anziani alzandosi dalla tavola.

«Non è la mia battaglia, giusto. Ma è un favore. E voi tutti avete bisogno del sostegno di psicologi.»

«Non siamo dei matti!»

«Non ho detto questo. Ora si va!»

«Abbiamo solo sgraffignato del cibo» si giustificò Aiez.

«Incendiato un edificio e minacciato me» replicò l'investigatore.

«Ora ci minaccia lei» replicò l'altro.

«Per il vostro bene.»

Tutto filò liscio. E i pensieri di Jed guizzarono per un attimo verso la cara e inseparabile sorella. Non vedeva l'ora di riprendere in mano quel curioso caso.

Nella stanza numero 3 regnava un'aria malinconica, priva di vivacità. Il silenzio conquistatore serpeggiava come un folle gladiatore, e il direttore se ne stava in corridoio e per poco non svenne quando vide arrivare l'investigatore con un gruppetto di uomini attempati acciaccati e maleodoranti.

«Ecco i suoi mostri» disse Mazavara al dirigente, consegnandogli la pistola.

«Il resto della roba che mi ha prestato dovrà andare a riprendersela» aggiunse poi.

«Che diamine è successo?» Mazavara spiegò in breve la situazione all'uomo, tralasciando deliberatamente alcuni particolari.

«Nessuno sapeva. Assurdo» chiosò il direttore chiaramente sconvolto dopo aver ascoltato l'incredibile storia dell'atto fraterno.

«Bene. Io qui ho finito. Lascio a lei le redini.»

«Come? Non può!»

«Io ho altro da fare! Non posso rimanere.»

«Potrebbe aiutare un mio amico?»

«Ho bisogno di una vacanza» gemette, e alzò le braccia al cielo.

# La baracca e il pittore
## Parte 5

La città di Pilerte non era per niente un luogo di villeggiatura. Anzi, padroneggiava il nulla con molta fierezza. Il vuoto e l'isolamento impressionavano chiunque vi mettesse piede e a Jed Mazavara non piacque affatto. Aveva sistemato la faccenda con la vedova Milena Loretti riguardo al caso che lui aveva battezzato con il nome di Zampo Saturno. Non voleva certo immedesimarsi a un cronista di storie incredibili, ma da quando aveva intrapreso il gioco a rischio investigativo ne aveva viste di tutti i colori, tanto che avrebbe potuto scriverne un romanzo. Rammentando alla insolita abitazione del professore, era sicuro al cento per cento che c'era qualcosa di nascosto, nello stesso tempo, visibile agli occhi di chi sapeva guardare. Le planimetrie raccontavano solo di stanze grandi e piccole, e un intreccio di corridoi per veri amanti di rompicapo. Qualunque cosa fosse accaduta lì dentro, qualsiasi veste scura la copriva, l'avrebbe svestita. Non c'erano luoghi segreti o gallerie, e questo un punto a suo favore.

Il sole splendeva, e un calore estivo così vivo si erse in quel luogo dalle strade discese. A Jed non interessava la temperatura e nemmeno i luoghi poveri di architettura e, come un soldato senza paura, si avviò lungo la strada deserta. Né un cane e nemmeno un gatto vide passare in quelle ore amare, e dal caldo desiderò rinfrescarsi in un ruscello. Purtroppo, non c'erano mezzi per raggiungere Pilerte, frazione di Zampo Saturno, e ogni cosa, cicli o altro gli era stata negata, compresa la bussola trasportatrice.

Secondo il direttore dell'hotel Saturno, un orribile mostro minacciava un certo Ettore Crone, pittore e scultore. La baracca in cui viveva, anzi, il baraccone, suscitava grande interesse all'essere. La baracca e il pittore, dunque, sapevano di gran confusione. Tutto ciò che aveva compreso da quel beota "zio Fernando" senza offesa, era che questo tale, Crone, da molto tempo non usciva dalla baracca perché appunto spaventato con intimidazioni da questo essere intelligente e, secondo Jed, fallace mostro. Se davvero costui era minacciato da questa cosa, perché non se ne occupavano le autorità? Se fosse prigioniero da molto tempo, come faceva a sopravvivere? A comprare cibo e bevande? Ammesso che fosse tenuto prigioniero nel suo locale dalla creatura, qualcuno doveva portagli provviste, no? Troppe domande senza risposta, troppi ma e troppi se ballavano nel suo cervello calpestandolo con i tacchi pesanti come sacchi.

"Vedere per credere" ripeté più volte fra sé, mentre una specie di bettola di mattoni verdi con l'intonaco nero fece la sua comparsa dietro un cumulo di terra arsa che sembrava un piccolo territorio distrutto con bombe dal nemico durante una guerra. Uno stupido pensiero momentaneo lo scombussolò: l'essere che teneva segregato il pittore avrebbe fatto entrare un visitatore? Ma si convinse che aveva il tessuto mimetico con sé e non l'avrebbe visto entrare, o forse sì, se la creatura fosse dotata di occhi così potenti da riuscire a percepire il poncho. Rimase un po' a riflettere sul da farsi. La sua mente era un ciclone di idee e congetture. Raggiunta la baracca, udì un verso spaventoso. Animalesco, inumano e mostruoso. Un qualcosa simile al rumore di un dinosauro e un elefante. Si fermò all'istante pensando di darsi alla fuga. Tremò come un bambino disperato caduto dentro una cisterna. Un caso insolito, strano e pauroso. Un pittore e una baracca, e nel mezzo un essere terrificante che teneva sotto stretta sorveglianza ogni angolo e ogni cosa del piccolo territorio di Pilerte ormai dimenticato e isolato da tutto e da tutti. E quel verso? E una speranza ci doveva pure essere per quel poveretto. E Fernando come l'aveva saputo? Chi l'aveva portato a conoscenza del fatto? Forse il pittore stesso? Sicuro, erano amici, ma… c'era qualcosa che non lo convinceva. Puzzava la storia, non quadrava. Un pittore spaventato da un mostro che lo teneva imprigionato? No, doveva essere una trappola, la storia non stava in piedi, e poi non c'erano poliziotti, autorità competenti, nulla. E anche se Pilerte era una piccola zona e scarseggiava di costruzioni e abitazioni, chi manteneva l'ordine? Nessuno? Inammissibile. Troppo assurda la questione e Jed non aveva affatto bisogno di una medaglia d'onore. Voleva trovare e salvare sua sorella, solo questo. E non voleva trovarsi infilzato come un pezzo di carne da una forchetta da esseri abnormi o mostri del passato come nei film di fantascienza. Cavolo! Cercava sua sorella e gli toccava cosa? L'intermezzo? Certo, dava aiuto ad altre persone. Gente in difficoltà, ma c'era il rischio di essere infilzato come una porchetta e non rivedere mai più sua sorella. E a proposito di cibo, si rese conto che non mangiava da parecchie ore.

«Tu sole mio...» citò a voce alta. E Fernando neanche un assaggio di qualche dolce al miele o un pezzo di formaggio prima di partire. Gli anziani avevano svuotato la dispensa dell'hotel? E ai clienti cosa serbava? Mah!

"Imbecille senza cervello, pieno di scuse" pensò.

All'improvviso un altro schiamazzo attirò la sua attenzione. Avrebbe dovuto trovarsi altrove.

Un orribile mostro grande e molto somigliante per metà velociraptor e parzialmente dinosauro, si agitava e rumoreggiava con tutta la sua rabbia contro qualcosa dentro un recinto. Una forma raccapricciante con zampe lunghe a rampino. La pelle crepata, squamosa, di colore verde mutevole al nero ebano. Una bestia infernale che mai e poi mai Jed avrebbe immaginato. Una belva che non lasciava respirare, camminare, pensare. Uno strumento del male che andava ben oltre la fantasia.

L'ispirazione ideale per un romanzo fantastico. Non c'erano parole, non c'erano spiegazioni, non si poteva credere a una cosa del genere. Quella creatura era una belva paradossale, ma anche una cosa curiosa, che faceva sorgere in sé il desiderio di venire a conoscenza di ogni caratteristica per studiarne la provenienza. Mazavara tremò per la paura. Una paura così intensa e forte che provò la sensazione di avere le gambe corte. "Pensa e scruta" si disse. Sentì una vibrazione su tutto il corpo, come se fosse disteso su un materassino per massaggi. E poi un sorriso grande, bello, vittorioso gli illuminò il volto. Quella assurda forma non poteva nutrirsi di passanti, di esseri umani o di altre creature. A Jed bastò un'osservazione acuta per capire che la figura animalesca era un robot perfetto. Un dispositivo meccanico creato con astuzia. Il verso animalesco per un lasso di tempo lo aveva ingannato. Lo aveva offuscato. Gli aveva abbagliato la ragione facendolo sentire quasi un omino deficiente e spaurente. Lo aveva aggirato, intimorito, messo in allarme, e gli aveva fatto credere dell'esistenza di una bestia affamata catapultando la sua mente nel più totale orrore e sgomento.

Il verso.

Il cigolio del marchingegno ora lo udiva chiaramente e lo immagazzinò nella mente, mentre gli occhi fotografarono un cilindro di metallo lungo come una canna da pesca. Che ingegno! Per un attimo la paura lo aveva stretto e chiuso dentro una prigione d'angoscia impedendogli ogni mossa. Solo per poco aveva abboccato all'amo, ma non era caduto nella rete e non ne aveva intenzione assolutamente. Il cilindro girava come le pale di un ventilatore producendo l'orribile rumore.

Mazavara indossò il tessuto mimetico perché di sicuro il creatore di quell'angosciante meccanismo teneva d'occhio in modo costante l'area attraverso gli occhi spettrali della macchina. Rivolse lo sguardo oltre il recinto dove in un piccolo prato crescevano dei fiorellini bianchi. Li sentì quasi mormorare alla piccola fontanella a fianco. L'acqua che fuoriusciva era magnifica, e gli spruzzi brillavano come diamanti, mentre gli occhi spenti del guardiano meccanico suscitavano suggestione. Jed sentiva lo sguardo di quell'orribile cosa fin dentro le ossa. Doveva bloccarlo, metterlo fuori uso. Ma come? Quel congegno doveva pur avere un punto debole. E poi accadde una cosa che Mazavara non si sarebbe mai aspettato. La bestia meccanica, che sembrava sul punto di devastare ogni oggetto insignificante e divorare qualsiasi creatura nei dintorni, smise di far chiasso e successivamente una voce esclamò: «Benvenuto!»

L'investigatore si girò. Un tipo basso di statura, trasandato, con spalle grandi e barba folta spuntò da un muretto a sinistra. Vestiva in modo particolare; con pantaloni a pagliaccio e scarpe a forma di una gondola veneziana. Gli occhi scuri come l'ebano sembravano quelli di un gatto feroce, mentre il naso canuto era sformato e sembrava rotto, come fosse stato l'arnese d'allenamento per un pugile.

Jed fu colpito dall'aspetto di quell'uomo. Sembrava un perfetto protagonista di un fumetto.

«Venga pure avanti e si tolga il tessuto mimetico. Bella stoffa, ma con me non funziona.»

Jed non ne fu sorpreso, e questo Crone non era da sottovalutare.

«Ecco il vero volto di Crone. È opera sua?» domandò togliendosi il tessuto.

«Se intende l'organo, sì.»

«Perché?»

«Per tenere lontano i curiosi, gli impiccioni e i ficcanaso come lei, signor Mazavara. Conosco la sua storia. Tempo fa l'ho vista in TV.»

«Sa che cerco mia sorella?» chiese sorpreso Jed. L'uomo aveva un certo fascino e intelligenza, e doveva superare di gran lunga la sua.

«Sì, lo so.»

«Allora se mi conosce così bene, dovrebbe anche sapere che sono qui su richiesta del suo amico Fernando che dirige l'hotel Saturno, no?»

«Questo non lo sapevo.»

«Secondo me quel suo bel giocattolo attira l'attenzione. Un giorno di questi vedrà piombare qua una squadra militare.»

«Queste zone sono deserte. Ci sono campagne, piccoli territori, i militari e le forze dell'ordine sono ben lungi da qui, ma qualche spudorato curioso non manca e Fernando è un impiccione.»

«Si preoccupa per lei.»

«È solo un pusillanime e vuole il mio scheletro.»

«Scheletro?»

«Sa che io possiedo uno scheletro?»

«Anche io possiedo uno scheletro, e con ciò?»

«Non ha capito. Non parlo delle mie ossa, ma di un trofeo! Ossa appartenute a un grande personaggio.»

«Che ovviamente lei vuol nascondere a certe persone curiose che vogliono sottrarle il cimelio» fece Jed.

«Lei mi piace, signor Mazavara.» L'uomo fece un gesto di compiacenza squadrando il detective.

«E mi dica… a quale celebrità appartengono i resti?»

«Perché non entriamo nella mia dimora. Su, venga.»

Attraversarono quello che pareva un campetto dove una piccola natura arborea e fioroni architettonici erano del tutto fuori luogo, mentre in un angolo dello spiazzo, dentro una bacinella bianca piena d'acqua, galleggiavano quelli che parevano avanzi di cibo, insetti morti, escrementi di uccello e fili d'erba. L'odore era poco, ma bastava per far venir un conato di vomito a Jed che distolse lo sguardo da quello schifo. Nel giro di qualche istante si ritrovarono dentro la capanna. Le pareti sembravano crollare da un momento all'altro. L'interno mostrava tutta la sua bruttezza e antipatia. Ciò che esprimeva tendeva a cacciar via chiunque vi mettesse piede. Tutto era sottosopra, come se un orso vi avesse alloggiato per ore. Lurida, dove alcuni oggetti in miniatura parevano chiedere aiuto. C'erano angoli neri come il carbone e sedie di cartone. Pupazzi su mensole di legno si muovevano misteriosamente come se un burattinaio avesse compiuto una magia. Jed capì immediatamente che operavano grazie a batterie alcaline. Osservò delle bottiglie piene d'acqua, e da come nuotavano certi moscerini, immaginò che il liquido non era certo adatto per dissetarsi. C'erano corde grosse, pietre, vasi, rotoli, vetri rotti e piccole botti. C'era una porta malridotta che conduceva al piano di sopra, e una che portava verso il basso. Era una stamberga che sapeva di morte, di orrore, e che forse avrebbe portato a una brutta sorte. A Jed non piaceva affatto come si stavano mettendo le cose. Il cuore cominciò a battergli forte nel petto, e urlò tutta la sua paura. Seguì Crone dentro una porta arancione, dove una fragile scala conduceva in discesa. Avrebbe voluto chiedergli dove lo stesse portando, tanto era curioso, ma attese per vedere con i suoi stessi occhi il luogo inabitabile e magari con qualche sgradevole sorpresa. Continuò a seguire l'enigmatico e scorbutico pittore lungo un passaggio sotterraneo privo di porte e finestre. C'era una grande chiazza scura dove la debole luce del giorno riusciva a penetrare a malapena che fece temere a Jed di non rivedere più la luce del sole.

«Non è che per caso di questo passo finiremo dritti al cimitero di Zampo Saturno?» ironizzò l'investigatore muovendosi nella semioscurità.

«Non si preoccupi. Siamo arrivati» replicò l'altro.

Nella penombra comparve una tomba. Era un gotico feretro che dominava nello spiazzo come un pezzo raro da esporre in un museo. All'interno vi era messo uno scheletro perfetto che brillava come la prima stella della sera, ma era orrendo come un cadavere imbalsamato.

«Le presento: Joan P. Pol» disse Crone.

«Chi?»

«Joan P. Pol, che non ha niente a che vedere col compositore spagnolo Joan Pau Pujol.»

«Chi è Joan Pau Pujol?» lo interruppe bruscamente il detective, impaziente.

«Chi era. Non è molto noto, del millecinquecento. Gran maestro e compositore. In ogni caso Joan P. Pol nato nell'anno millequattrocento era pittore, sculture e meccanico. E quello che lei vede prima non c'era.»

«Che significa non c'era?»

«Significa che non c'era. Quel sarcofago si è materializzato d'improvviso tempo fa e non so spiegarmi il perché. Non mi crede?»

Strane storie stavano accadendo. Il dipinto di Van Gogh nell'appartamento di Mango, scorto per una frazione di secondo, la scomparsa del professore e Ambra. Coincidenze?

«Certo, ma… mi dica da quanto tempo è apparso?»

«Questo non saprei dirglielo, era da un po' che non scendevo quaggiù.»

«Capisco. Ma lei come fa a essere sicuro che si tratta proprio di questo…»

«Joan P. Pol?»

«Già!»

Il pittore si mosse come un animale acquatico e in un battibaleno consegnò al detective una pila di libretti illustrati che riguardavano chiese, cappelle e tombe. Libri vecchi e ingialliti, con ancora il vigore di essere consultati e ammirati.

Jed ne sfogliò qualcuno e trovò alcune immagini con didascalie dell'enorme caso eccezionale che stava accadendo davanti ai suoi occhi.

«Sono colto, signore» disse Crone un po' offeso.

«Non intendevo oltraggiarla» replicò Jed a sua volta.

«Lei mi saprebbe dare una risposta?»

Mazavara forse una risposta ce l'aveva, anche se il mistero sventolava intorno a lui come un pipistrello notturno. Ma non si fidava molto del padrone di quella repellente catapecchia.

«Dovrò lasciarla un momento, Crone.»

«Io non credo.» All'improvviso qualcosa affiorò dal pavimento color catrame e catturò le caviglie del detective.

Jed sentì il corpo paralizzarsi dal terrore e dall'incredulità, poi fu pervaso da una rabbia incontenibile.

«Ma che diavolo sta facendo?!» urlò.

Grosse chele di ferro lo stringevano a tal punto da fargli uscire sangue dalle caviglie. L'impressione di sentire quella parte del corpo sbriciolarsi come un grissino era così forte da odiare tutto ciò che lo circondava.

«Niente testimoni. Auguri!» esclamò l'altro con voce pacata, trafficando con un telecomando. Fece dietro front e lasciò l'ospite a morire dissanguato con estrema lentezza.

«Crone!» Inutile ogni tentativo. Più urlava e più la voce gli tremava. Più si muoveva, e più il dolore lo coglieva. Uno strumento di tortura così l'aveva visto solo nei film. Erano chele molto grosse che ferivano acutamente. Probabilmente all'interno vi erano delle lame o aghi, qualcosa di affilato che perforava la carne come un trivello fino a far uscire il sangue. Doveva fare qualcosa. Non poteva rimanere immobile nel silenzio immerso nel dolore osservando amareggiato quell'orrore. C'era una speranza: la bussola trasportatrice del professore inventore. La tirò fuori dalla tasca dei pantaloni e la fissò come fosse un gioiello prezioso. Alle volte, però, gli effetti dell'oggetto erano sgradevoli, come voltastomaco e capogiri. Certo, si trattava di salvarsi la pelle e qualche capogiro non era niente, ma poteva correre dei rischi: le caviglie erano bloccate dalle chele pesanti e poteva rischiare di ritrovarsi senza piedi. Non conosceva molto bene in realtà l'attività e come trasformava oggetti o corpi l'apparecchio scientifico prima di teletrasportarlo. Trasferiva cose o persone da un luogo a un altro, di questo ne era sicuro. L'aveva usata altre volte, ma adesso era legato a un materiale fortemente resistente e perciò era assai rischioso. Per la prima volta in vita sua provava davvero molta paura. Si sentiva come una donna indifesa sommersa nell'oscurità con la sensazione di venir aggredita all'improvviso da uno sconosciuto.

«Bastardo!» infierì contro i lugubri muri che lo attorniavano. Capì di non essere all'altezza della situazione: non sarebbe riuscito a resistere a quel dolore lancinante e all'angoscia di ritrovarsi senza gli arti inferiori con le sue piccole ossa. Però doveva fare qualcosa, e il pensiero di Ambra lo esortò a fare un tentativo. Afferrò il piccolo oggetto trasportatore e lo regolò a suo piacimento e, dopo una corta preghiera, fece scattare la piccola molla di lato. Sentì come se venisse risucchiato da un tubo di scarico. Un freddo invase il suo corpo. E un rombo simile a quello di una miriade di cornamuse risuonò nell'aria mentre mille luci lampeggianti lo accecarono. Poi si sentì salire verso le luci che, stranamente, malgrado l'accecante splendore e l'energia, non lo infastidirono più di tanto. Infine la brillantezza mutò forma e affiorò uno stabile che sembrava abbandonato. Un urlo disumano lo fece rannicchiare dietro a qualcosa somigliante a un muro di pietra. Comprese che era riuscito a liberarsi. Si rese conto che ciò era accaduto con finitezza. Si rese conto che non sentiva alcun malessere e il suo corpo era intatto. Il teletrasporto aveva funzionato alla perfezione. La capanna svettava nel cielo e il mostro meccanico era stato rimesso in funzione. Esultò, portandosi le mani al volto. Però la gioia e la soddisfazione per essere riuscito nell'impresa durarono poco, perché la rabbia esplose in lui di colpo come una bomba atomica. L'avrebbe massacrato di botte? No. Occhio per occhio, dente per dente. Le caviglie bruciavano un po', ma almeno non sanguinavano più. I segni rossi nella parte del corpo parevano morsi di pipistrelli.

Camminò con cauzione osservando ogni angolo del luogo come fosse un gioco, attento a non sbagliare mossa. Aveva appena messo piede nel locale quando udì una voce.

«Quell'idiota di un investigatore non ha avuto il coraggio d'impiccarti.»

Fernando!

Jed riconobbe la voce del direttore dell'hotel Saturno. Cosa significava?

«L'idiota dell'investigatore non è un assassino, e in questo momento sta piangendo come un bambino» replicò Crone scoppiando a ridere.

«Ero convinto il contrario. Grazie a lui sono qua. E ora parla! Dov'è lo scheletro d'oro? Sputa il rospo!»

Jed non poteva credere alle proprie orecchie. Quel disgraziato lo aveva usato come esca! Si avvicinò di più e vide i volti dei due uomini rossi per la rabbia. Evidentemente si odiavano.

«Lo voglio! Parla!» gridò il direttore, minacciando il pittore con una pistola. L'arma era la stessa tolta con inganno ai fratelli Rallo nella sua precedente avventura, una Beretta doppia azione nera opaca con caricatore bifilare ad alta capacità; una delle pistole più vendute al mondo.

«Ho sbagliato a parlarti del mio gioiello, Fernando» disse Crone. E di colpo, il pavimento si mosse, e Fernando scivolò in un buco nero e profondo. Il padrone della baracca rise, soddisfatto. E poi si mise a far scarabocchi su di una tela color avorio con tranquillità, come se non fosse accaduto niente. Jed prese una corda grossa come un serpente appoggiata sopra uno sgabello traballante e saltò addosso al pittore.

«Ma... cosa...» farfugliò Crone sbalordito.

Mazavara lo mise in sacco per bene. Così bene che l'uomo sembrava un grosso prosciutto esposto nella vetrina di una salumeria.

«Come ha fatto?»

«Sorpreso? E ora avvisiamo chi di dovere?»

«Non troverà nessuno» bofonchiò l'uomo.

«E allora la lascerò qui legato a morire di fame in mezzo al puzzo della sua urina. Che cosa ha fatto a Fernando?»

Infatti, l'uomo se l'era fatta addosso per lo spavento.

«Niente!» piagnucolò.

«Perché?»

«Sono pazzo! Quella cosa mi ha fatto impazzire! La sento di notte che sussurra... che chiama... che urla... vuole vivere» blaterò.

«Lei è ammattito» convenne Jed.

«Joan ha fame, capisce? Devo dargli da mangiare...» continuò il pittore con gli occhi stralunati.

«Lei mi mette in una posizione difficile. Sono venuto qui perché volevo aiutarla. Mi è stato chiesto di farlo, e alla fine l'ho davvero voluto.»

«Non volevo farle del male. Sono un uomo d'onore, ma quella cosa mi sta letteralmente succhiando l'anima! Che cosa posso fare?»

«Lei un uomo d'onore? Non mi faccia ridere» replicò Jed. Il professore scomparso. Ambra scomparsa. E quel sarcofago dal nulla capace di far impazzire la gente? Solo una persona poteva dare una risposta. Solo un uomo poteva risolvere più di un rompicapo e poteva rispondere a più domande.

«Quella roba in casa mia...» continuò l'artista, «conosco uno storico. Il suo nome è RedFranco Fraser e vive a Inverness, Regno Unito. Ha un suo sito web, e lui potrebbe aiutarla anche a ritrovare sua sorella, perché c'è un legame, vero?»

Jed non rispose. Non aveva voglia di rispondere. Non c'era altro da dire. Non c'era altro da fare lì, e se ne andò lasciando il pittore al suo destino. E l'ultima cosa che udirono le sue orecchie fu un verso grottesco e animalesco.

# Il cervello di ferro
## Parte 6

Con la mente ancora confusa dal sonno, Jed Mazavara cercò a tentoni la sveglia sopra il comodino e fece cessare il rumore noioso della suoneria con un semplice colpetto dell'indice. Aprì gli occhi, gemendo. Faticò per un attimo a connettersi con la realtà. I sogni e quelle visioni di cronometri e orologi frequenti iniziavano a tormentarlo. Osservò la sua stanza da letto e pensò a sua sorella Ambra. La coda di cavallo, le lezioni di storia, il professore e il giorno del compito in classe. Rimuginò alla conversazione con il pittore Crone di Pilerte. Il signor RedFranco Fraser residente nella lontana città di Inverness poteva davvero aiutarlo a ritrovare sua sorella? Forse consultare qualche sito web lo avrebbe aiutato a familiarizzare con costui.

Andò in bagno e si guardò allo specchio. La grigia superficie rifletteva un uomo ormai con le pieghe dell'età e della vita. La barba leggermente cresciuta e ciuffi di capelli gli ricadevano sulla fronte. Si fece una doccia calda e poi accese il computer e si collegò alla rete informatica, sperando di non rimanere incastrato per troppe ore. Trovò molti articoli su Joan P. Pol, sullo storico Fraser e sulla bellissima città nordica. Joan P. Pol fu un pittore, disegnatore e inventore francese dei primi anni del 1400. C'erano varie immagini dei suoi dipinti e creazioni, nonché ideazioni mai portate a termine. Il sito web di Fraser, invece, si presentava molto avventuroso, con un logo che raffigurava un cappello all'Indiana Jones. Lo storico, scozzese, appariva come un grande avventuriero archeologo di fama. Si occupava anche di soprannaturale e scienza. Un personaggio artistico, bello, con una barbetta grigia e folta che incorniciava il mento corto. Occhi scuri e penetranti, e un naso troppo piccolo e femmineo per un uomo, mentre l'espressione sul volto sembrava voler dire "e qui comando io". Inverness, situata in Scozia, è un regno tutto nuovo. E Jed, osservando le immagini sul monitor, vide superlativi castelli e torri che sopraffacevano su ogni cosa, compresi i solitari suonatori di cornamuse vestiti in abiti conformi alla tradizione. Era forse una sua impressione, ma di certo la città settentrionale ammaliava. Interruppe la connessione e spense il cervello elettronico. Si alzò dalla sedia e andò ad aprire il frigorifero. La bussola trasportatrice mandava bagliori. L'oggetto lo chiamava. Lo stava stregando con qualcosa di invisibile e irresistibile. L'arnese era una creazione diabolica e pericolosa, nel contempo affascinante e prodigiosa. Ma non voleva finire come quel Crone di Pilerte, ovvero, perdere la bussola. Fece colazione con caffè e dolce al cioccolato, ragionando sul fatto che l'appartamento una spolverata la chiedeva già da parecchio tempo. Sistemò il poncho dentro uno zainetto e prese il teletrasporto dal frigorifero. Coordinò la bussola a suo piacere e in un lampo si ritrovò disteso su di un bigio e freddo acciottolato. Si pentì subito di aver consumato il pasto mattutino. Diede di stomaco con sforzi a dir poco strazianti. Vomitò più volte, percependo un dolore indescrivibile. Lasciò che il male uscisse dal suo stomaco come una belva inferocita rimasta troppo tempo prigioniera dentro una grotta e privata per lunghi anni della libertà.

"Muoio" fu il primo pensiero. Questa volta aveva davvero esagerato. Forse troppo lontana la destinazione? Chissà. Poi a stento riuscì a rimettersi in piedi. Una sgradevole ombra sul selciato attirò la sua attenzione.

Un gatto con due occhi cerchiati di nero gli diede il benvenuto. L'animale lo fissò per un istante, dopodiché voltò lo sguardo altrove, come in cerca del suo padrone. Intorno al felino c'era un fiume di fiori multicolori ed enormi castelli artistici ed edifici antichi. Una cascata di meraviglia che l'investigatore non aveva mai pensato di vedere. Una città stupenda, con torri magnifiche e meravigliosi costruzioni. E tutto dotato di grande vitalità. Uccelli di ogni forma e colore volavano alti nel cielo di un azzurro chiaro.

Jed si mise in marcia verso Crove street, dove abitava lo storico. Ovunque guardasse vedeva gruppi di edifici e castelli.

La casa di Fraser era di un marrone castagna, incorniciata da una striscia rosa pallido con le finestre lunghe e strette come quelle di una celebre cattedrale. Alcune lanterne pendevano in modo strano, e assomigliavano a zanne pronte a ghermire visitatori indiscreti. Sussultò, mentre una nuvola passò come una piccola autovettura in corsa. Si spostò una ciocca di capelli di lato e batté all'elegante porta di legno di faggio scuro. Poco dopo l'uscio si aprì e ne uscì un uomo alquanto goffo, pallido come uno spettro, vestito di nero e seguito da un pappagallo.

«Prego?»

«Buongiorno, è in casa il signor Fraser?» domandò l'investigatore in inglese.

«Ha un appuntamento?»

«No, ma provengo dal profondo sud» replicò Jed spazientito.

L'uomo inarcò le lunghe e grigie sopracciglia, e poi con stizza chiese: «Nome?»

«Jed Mazavara.»

L'individuo scivolò come una serpe velenosa in casa, sempre seguito dal pappagallo, e ritornò dopo quasi dieci minuti con un coccodrillo lungo oltre tre metri e scuro. Il grosso rettile si mosse come un mostro marino al movimento della mano scheletrica del padrone che lo teneva al guinzaglio come se fosse un cane da guardia.

«Venga!»

Jed esitò alla vista dell'alligatore. Era mai possibile? Sentì le gambe farsi di gelatina.

«Allora?»

«Ci sono.» Si fece coraggio ed entrò seguito dallo sguardo del rettile, e andò dietro all'uomo lungo un piccolo e funereo atrio dal soffitto a volta di vetro che brillava come un cristallo raro.

Una lunga serie di scranne gli fece rammentare la corsia di un treno ad alta velocità super accessoriato, mentre un vaso bizzarro sopra una mensola rettangolare, infissa a una parete, se ne stava solo come un pupazzo di neve con la paura di sciogliersi nel sole.

Proseguirono per un salone da ricevimento colmo di sedie

dall'alto schienale che mostravano tutta la loro importanza. Un tavolo mastodontico degno di attenzione e alcuni dipinti sparsi qua e là raffiguranti donne e bambine esprimevano mestizia. Seduto sopra una sedia antica c'era lo storico, al computer, intento a digitare qualcosa. Era diverso da come Mazavara l'aveva visto. La foto nel sito web di Fraser faceva vedere un uomo completamente diverso. Bello, con barbetta e sguardo interessante e penetrante, invece, da vicino e dal vero, pareva un vecchio pensionato amante degli scacchi.

«Si metta a suo agio» lo accolse il padrone di casa, facendo segno al suo uomo di lasciarlo solo col nuovo venuto.

Jed accettò volentieri e si accomodò su una delle poltrone.

«Grazie per avermi ricevuto così in fretta» disse.

«Di nulla. Come posso aiutarla?»

«Lei sa chi era Joan P. Pol?»

Lo scozzese annuì. E Jed raccontò ogni cosa accaduta tralasciando qualche particolare inutile. Mostrò il teletrasporto e il tessuto mimetico come fossero dei trofei esposti in una scuola d'arte.

«È impossibile!» esclamò stupefatto Fraser.

«No, possibile.»

«Lei vuole farmi credere che da casa sua è giunto fin qui, a Inverness, con quell'oggetto che ha tutta l'aria di un giocattolo per bambini?»

«È la verità.»

Fraser fece un gesto con la mano. «Indossi la tunica.»

«Non è una tunica» fece Jed sorpreso dall'atteggiamento del padrone di casa.

«Quello che è. La indossi.»

L'investigatore tirò fuori il poncho dallo zainetto e lo indossò. Sembrò dileguarsi come un filo portato via dal vento.

«Bellissimo!» esclamò Fraser con sentimento.

«Allora?» chiese Jed liberandosi dall'indumento, «Posso contare su di lei?»

«Mi dispiace per sua sorella, ma non saprei come aiutarla. Vede… se questo personaggio è un inventore, chissà che altro avrà inventato! E poi potrebbero essere ovunque. Non è una situazione semplice, è come cercare uno spillo in mezzo a un lago.»

«O cercare un ago in un pagliaio. Capisco perfettamente che lei non mi vuole aiutare.»

Fraser sorrise. «Se lei aiuta me, farò tutto il possibile per aiutarla.»

«Dica?»

«Venga con me.»

L'investigatore seguì il padrone di casa lungo una notevole rampa di scale fino al secondo piano. I due svoltarono in un corridoio immerso nella luce del giorno colmo di porte chiuse. Fraser aprì la terza porta a sinistra e guidò l'ospite in una stanza ampia dove una macchia scura svettava come un gigantesca astronave aliena pronta al decollo.

«Che roba è? Sembra un cervello di ferro» chiosò l'investigatore stupito della superlativa attrazione.

«Infatti» replicò lo storico, «è un cervello di ferro molto scaltro e lei si introdurrà» aggiunse poi con voce sommessa.

Jed spalancò gli occhi sorpreso di quella missione stravagante e curiosa.

«Ma è matto?»

«Capisco che non mi vuole aiutare» gli rinfacciò quell'altro.

«Non ho detto questo, ma quel coso lì ha tutta l'aria di una macchina schiaccia persone.»

«Non è una trappola, glielo assicuro. Ha i suoi aggeggi, no? E lei è una mosca bianca.»

Calò il silenzio nella stanza. «Mi dica qualcosa del cervello.»

«L'ho creato per motivi di studio ed assistenza elettronica.

Però qualcosa è andato storto. Di notte si impossessa di tutte le cose in questa casa come fosse un demone venuto dall'inferno.»

«Come sarebbe? In che senso, s'impossessa?»

«Elettrodomestici, apparecchi di varia forma e utensili si animano e vanno in giro come indemoniati a far disastro. Anche bicchieri, posate e piatti, volteggiano come frisbee in un prato fiorito. Di giorno dorme, ed è una buona occasione per fermarlo. Disattivarlo.»

«Sa come arrestare il sistema?»

«C'è una porta di cristallo a forma di H all'interno. Dietro quella porta c'è un bottone grande e rosso.»

«Ho capito. Dovrei premere il bottone? Ma perché non lo fa lei?» lo interruppe Jed.

«Percepisce che sono io. Mi conosce. Sente il mio alito, il bastardo. Signor Mazavara, può farcela!»

«La ringrazio per la fiducia.»

Jed non aveva voglia di sapere altro, ma come introdursi nel cervello di ferro era necessario.

«Da dove si entra?»

«Se non ha voglia di usare le sue armi, può entrare di dietro.»

Fraser l'accompagnò al lato posteriore della struttura, dove c'era una piccola scaletta colorata. A Jed sembrò l'attrazione horror di un luna park.

«Si assicuri di prendere il corridoio blu, e faccia molta attenzione.»

L'investigatore strinse gli occhi fino a farli diventare due fessure, come alla ricerca di una replica. Perché doveva fare attenzione? Era solo una macchina. Annuì con la testa ed entrò nel complesso di ferro.

All'interno non c'era molta luce, vi erano due corridoi, uno a sinistra di colore pervinca cangiante al grigio, e l'altro a destra di colore blu notte. Tra mezzo si ergeva una porta che assomigliava alla lettera M, e sembrava mutare in una catena montuosa. Niente stelle, né luna, né calore, ma solo un velo di vapore senza odore. Nel trovarsi nuovamente da solo, Jed sentì qualcosa afferrargli lo stomaco.

"Dalla padella alla brace" pensò. La paura l'assalì di nuovo e il cuore cominciò a battergli nel petto. Indossò il poncho con cautela nel timore che qualcuno lo sentisse. Anche se in fondo era una macchina e dormiva, non voleva spiacevoli sorprese.

S'incamminò nel corridoio blu e poi la sua attenzione fu immediatamente attratta da una visione. Un pargoletto biondo con volto paffuto e rigato di lacrime era steso su un letto matrimoniale disfatto. Il dorso nudo colmo di strisce rosso arancio che sanguinavano ascoltando il lamento del loro padrone. Il corpo teso e fermo come una statua.

«Marinare la scuola, eh? »

«Fottiti!» sussurrò il bambino.

Poi due mani si abbatterono sul volto del ragazzino. Un fiotto di sangue macchiò la camicia bianca dell'aggressore ed era rosso e brillante come il sole d'estate. Mazavara strizzò le palpebre, convinto di essere vittima di un'allucinazione. Distolse lo sguardo. Evidentemente il cervello di ferro aveva assimilato quel filmato dalla televisione. Si trattava certamente di un'orribile opera cinematografica meritevole solo di starsene chiusa nel cassetto. Proseguì verso lo spiazzo, stringendo di più il tessuto mimetico come fosse un'arma da taglio. Si avviò lungo il corridoio ascoltando il terrificante rumore dei suoi passi. Era un suono orribile, come il verso di qualche creatura ferita e bisognosa di aiuto. Poi tutto sembrò rimpicciolirsi e farsi stretto.

Il passaggio interno di per sé non era difficile da affrontare. Era comunque abbastanza largo per il suo corpo mascolino. C'era un po' di quel buio pesto della notte, ma un filo di luce gli assicurava di non essere diventato completamente cieco. Si sentiva come se stesse strisciando giù per la gola della struttura verso il suo ventre. Poi un suono lo attrasse. Ficcò la testa dentro una piccola porta e scrutò alcune lucette bianche, rosse e gialle che parevano quelle di un piccolo presepe. C'erano dei monitor e piccoli schermi accesi che mandavano bagliori nel buio. Proseguì tra il blu e il buio come un esperto subacqueo immerso in apnea in fondo al mare, e inaspettatamente la porta di cristallo a forma di H fece la sua apparizione. Accadde un imprevisto. Un'ombra lo afferrò per il collo. Combatté come un lottatore di wrestling fino a sentire nelle mani solo aria fredda. Fino a sentire il niente. Si rese conto che stava permettendo al cervello di ferro di manipolare la sua mente. Le visioni andavano ben oltre il fantastico. Aveva realmente sentito qualcosa ghermirlo, e un dolore alla vena giugulare. S'irrigidì, come se l'avvenuto avesse avuto il potere di trasformarlo in un busto di pietra.

"Torna da tua sorella."

«Chi ha parlato?»

"Vattene! Torna da tua sorella. Ciò che vedi non è la verità."

«Qual è la verità?» trovò il coraggio di chiedere Jed.

"Quanto e cosa hai perso,
nascosta nella casa senza luce,
la voce di tua sorella grida nell'immenso.
Il tempo regala ogni cosa,
guarda attentamente,
non aver paura del buio nella tua mente.
Il colore del fumo ti acceca,
il tempo non ha alcun valore,
il tuo cuore colmo assai reca."

Jed sentì un brivido percorrergli lungo la schiena.

«Me ne vado se è questo che vuoi. Ma dimmi: chi sei?»

Per tutta risposta, un forte peto lo proiettò fuori come se fosse una palla di cannone. Sentì la forza invisibile scagliarlo con violenza per tutta la struttura senza alcuna pietà, e pensò di raggiungere l'angelo della morte nell'Aldilà. Si ritrovò sul freddo e lurido pavimento della stanza, con la scaletta che tentennava come scossa dal terremoto. Si tolse il poncho e si mise in ginocchio. La meravigliosa sensazione di essere vivo gli bastò.

«Tutto ok?»

Le ragnatele negli angoli del soffitto furono nascoste dalla faccia pallida dello storico che sembrava un vecchio fantasma stufo di spaventare i ragazzini curiosi.

«Lei crede nella vita dopo la morte?» domandò Jed rimettendosi in ordine.

«No, perché?»

«Ai fantasmi? Spettri? Entità soprannaturali?» borbottò raggiungendo in fretta l'uscio. Non era sicuro di cosa c'era sotto e cosa non c'era, ma di una cosa era sicuro: uscire al più presto da quella casa infestata dai fantasmi accompagnata dalla presenza impressionante di un rettile.

«Ma dove va?» sentì gridare al padrone di casa alle sue spalle.

Mazavara si voltò, e schiaffeggiò l'uomo con tutta la forza che aveva.

«Lei non è stato onesto con me. La sua creazione è impossessata da qualcosa di soprannaturale con cattive intenzioni. Ma per chi mi ha preso, per un esorcista?»

Fraser cadde in ginocchio costernato, e poi alzò la testa e urlò: «Mi aiuti!»

«Quello che c'è lì dentro non ne vuol sapere di uscire!»

«Ci provi!» supplicò lo storico. Non aveva più l'aria di un grande personaggio dal "qui comando io", ma di un povero e debole malato in preda a una crisi di nervi.

«Mi dispiace.»

«La presenza non vuole ascoltarmi.»

«E perché dovrebbe ascoltare me?»

«Perché lei è il grande investigatore Jed Mazavara di Zarata.»

«Sono solo un uomo» replicò Jed respirando profondamente.

«Faccia un ultimo tentativo.»

Una delicata espressione di assenso germogliò sul volto di Jed, e ripartì in quel cupo blu. E dopo un lunghissimo tempo gli si presentò la porta di cristallo.

"Togliti dai piedi!"

Ancora quella voce!

«Dimmi di mia sorella?» domandò all'oscura presenza, con un tremito al petto.

"Nella casa senza luce,
ove il tempo è a ritroso,
la sofferenza non ha riposo.
Urla il ritorno il corpo perduto,
selvaggio è il silenzio,
nell'infinito tempo dello spazio.
Nuova risorsa,
il tempo ritorna,
senza una morsa."

«Il tempo? Cosa a che fare il tempo?»
"Senza ore,
nel tempo remore,
di un scuro-chiaro colore."
E Jed, lasciando l'entità verseggiare come un perfetto poeta, ne approfittò per sgusciare dentro la porta di cristallo. Con slancio perfetto piombò sul bottone rosso e lo premette. Accadde un fenomeno. Sentì nella tasca dei pantaloni qualcosa muoversi. Come se un piccolo roditore cercasse di uscire allo scoperto dopo un sonno profondo. Il mazzo di chiavi che aveva in tasca si muoveva come attirate da qualcosa di inverosimile.

Improvvisamente la lampadina nel suo cervello si accese. Tutto gli era chiaro. E come un bravo detective collegò le cose più importanti: la polvere, le ragnatele e il movimento misterioso delle chiavi. Era caduto nella rete come un pesce, ma alla fine il pescatore non era riuscito a cuocerlo in padella.

«Fraser, alzi il sipario e venga fuori dal suo nascondiglio. Non c'è nessuna presenza maligna qui, ma solo un uomo che ha perso la fiducia in se stesso.»

Fari dorati e bianchi si fecero padroni della struttura di ferro che presero ad ardere come le luci di un cinema alla fine dello spettacolo. Ogni parte colorata e privata di colore sembrò ricevere calore.

Il luogo era zeppo di oggetti: placche di vetro allineate contro le pareti. Una vasta serie di macchinari elettrici e manuali, tra cui un colossale ventilatore. Computer e cineprese ancora imballati. Pompe di alimentazione e lunghi cavi elettrici percorrevano il passaggio blu dove una figura nera si muoveva con cautela.

«Come l'ha capito?» domandò l'anfitrione facendosi avanti. Indossava una tuta corvina molto sottile. Il volto paonazzo dove un sorriso ghignoso lasciava senza replica.

«Le mie chiavi di casa. Questo è un grandissimo e potente magnete. Il bottone rosso lo attiva. E poi prima, quando sono stato gettato fuori con violenza, immagino dal ventilatore, ho notato che il pavimento è molto sporco e nel soffitto i ragni giocano con le ragnatele. Indi ne ho dedotto che lei non fa entrare nessuno in questa stanza, nemmeno per le pulizie. Solo lei vi accede.»

Fraser batté le mani.

«Quindi lei già sapeva. Impara alla svelta a conoscere i propri polli.»

«Complimenti a lei che è riuscito a ingannarmi e mi ha visto sotto il tessuto mimetico.»

«No, è stato il rumore dei suoi passi.»

«Giusto.»

«Però non l'ho ingannata abbastanza.»

«È un bravo poeta.»

«Poeta?» Fraser inarcò le sopracciglia.

«Sì, le frasi poetiche riguardo il tempo e mia sorella.»

«Ma… io ho solo giocato con luci, colori, fili, immagini, filmini, aria compressa e il buio.»

«Vuol farmi credere che non è stato lei…»

«A fare cosa?»

Jed non si sentì bene e cadde in ginocchio come un sacco vuoto.

«Le chiedo perdono. Volevo solo divertirmi. Mi annoiavo!»

«Già! Ha cercato anche di strangolarmi.»

«Una carezza.»

L'investigatore avrebbe voluto schiacciarlo come una mosca e sentirlo sgolarsi dal dolore. Ma non ne valeva la pena. E qualcosa cacciò via ogni pensiero di vendetta lasciando posto a una sensazione. Presentimento? Coscienza? Percezione? Forse era stato il suo io ad articolare quelle

parole poetiche? La sofferenza per la sorella scomparsa stava andando oltre? Nuovi intuizioni, o gli stava dando di volta il cervello?

«Si annoiava. Mah!» esclamò mettendosi in assetto. In seguito si avviò verso l'uscita, e quando vide l'enorme lucertolone fissarlo con aria cupa, spalancò gli occhi e le sue labbra si strinsero. Emise un sospiro rassegnato. Un coccodrillo, un cervello magnete, un pazzo, un pittore, un alcolizzato, e adesso a rompere pure la sete. Beh, dopotutto non aveva bisogno di aiuto. Era stata solo curiosità la sua.

«Torni da dove tutto è cominciato. È l'unico aiuto che le posso dare.» La voce dello storico fu solo una carezza leggera al giungere della sera. Jed si ricompose. Uscì dall'abitazione e si lasciò andare a una risata malinconica e forzata. Fece ritorno nel suo confortevole appartamento in un baleno, nel momento in cui una saetta squarciò il cielo grigio e profondo.

La pioggia picchierellava contro le finestre. La precipitazione atmosferica Jed non l'aveva avvertita. Ma il temporale stava per far germogliare un contributo d'aiuto.

# Flavio Gioian
## Parte 7

"Quanto e cosa hai perso,
nascosta nella casa senza luce,
la voce di tua sorella grida nell'immenso.
Il tempo regala ogni cosa,
guarda attentamente,
non aver paura del buio nella tua mente.
Il colore del fumo ti acceca,
il tempo non ha alcun valore,
il tuo cuore colmo assai reca.
Nella casa senza luce,
ove il tempo è a ritroso,
la sofferenza non ha riposo.
Urla il ritorno il corpo perduto,
selvaggio è il silenzio,
nell'infinito tempo dello spazio.
Nuova risorsa,
il tempo ritorna,
senza una morsa.
Senza ore,
nel tempo remore,
di uno scuro-chiaro colore."

Jed si svegliò in un bagno di sudore. Urli disumani, latrati e grugniti lo avevano tormentato. Il ricordo del mostro meccanico e i dipinti. Incubi notturni. Allungò il braccio e prese la sveglia sul comodino. Segnava le sei e venticinque del mattino. Si alzò, e facendo attenzione a non scivolare sul liscio e cupo pavimento, andò in bagno a farsi una doccia. Mani calde, sudate e forti. Le sue. L'alito puzzava di fogna o era la situazione che puzzava come un cadavere in decomposizione? Che cosa era la poesia? E la voce? Qualcosa che si fosse impossessato della sua mente? O forse era sbocciato in lui una dote medianica e uno spirito gli aveva parlato? Rifletté a lungo in cerca di una soluzione. Poi osservò allo specchio la sua immagine che rifletteva occhi tristi e stanchi.

Qualche ora più tardi, Mazavara sgambettava sotto i portici che costeggiavano la piazza Castelletto. La via profumava di pane appena sfornato e di caffè. L'investigatore si ficcò le mani in tasca. Aveva ascoltato il notiziario alla televisione, i danni e i disagi che la tempesta della sera prima aveva arrecato in vari paesi dell'est. Gli speaker di radio e TV avevano comunicato che in molte zone mancava l'elettricità. Alcune vittime lasciavano un amaro pensiero nella mente e un ricordo indelebile per qualcuno. Quando sentì alcune gocce di pioggia sulla fronte, il pensiero del tiggì svanì. Tornò sui suoi passi rimuginando sul componimento in versi.

Quanto e cosa hai perso: Ambra.

Nascosta nella casa senza luce: la casa del professore.

La voce di tua sorella grida nell'immenso: lo spazio. Il cosmo.

Il tempo regala ogni cosa: la speranza.

Guarda attentamente, non aver paura del buio nella tua mente: la casa del professore nel buio. Non aveva guardato attentamente, e questo già lo sapeva. S'incamminò verso una stradina in salita assaporando l'aria che odorava di lavanda. Osservò uno scuolabus fermarsi con un gemito. Era carico di zaini e ragazzi che ridevano come pazzi. Colori vivi e accesi. Giacche e volti animati che luccicavano come brillanti.

Il colore del fumo ti acceca: il pulviscolo, lo sporco, un muro nascosto o cos'altro?

Il tempo non ha alcun valore: un luogo senza tempo?

Il tuo cuore colmo assai reca: l'angoscia e l'ansia.

I versi.

Proseguì per la sua strada e ben presto si trovò di nuovo davanti all'abitazione del professore: una casa piena di stanze accantonate pronte per essere esaminate. Entrò da una finestra semiaperta del pianterreno e i vecchi volumi coperti di polvere gli diedero per l'ennesima volta il bentornato. Ormai aveva perso il conto delle volte che vi aveva messo piede. Si mosse come se avesse le catene alle caviglie, e con estrema fatica seguì l'odoraccio che proveniva dalla cucina. Grosse formiche stavano facendo la festa agli avanzi di cibo e un panno verde copriva un congegno non funzionante. Un muro sporco di crema gialla aveva bisogno di una bella ritoccata di pittura.

Nella casa senza luce: anche se giorno, l'ambiente era circondato dalla semioscurità e non c'era nessuno ad accendere le luci. La casa era nell'insufficienza di luce.

Le rivelazioni dei versi. Per alcuni istanti rimase immobile.

Ove il tempo è a ritroso: il tempo passato?

La sofferenza non ha riposo: dolore, ira e pianto. Inutile ogni gesto.

Urla il ritorno il corpo perduto: Ambra.

Selvaggio è il silenzio: sua sorella non poteva parlare.

Nell'infinito tempo dello spazio: troppo tempo trascorso.

Nuova risorsa: la speranza.

Il tempo ritorna: il suo valore?

Senza una morsa: senza pericolo.

Senza ore: di giorno o di notte, non c'era alcuna differenza.

Come se stesse seguendo un sussurro di spiriti nell'oscurità, Jed ispezionò alcune stanze della casa da cima a fondo fiutando come un cane poliziotto ogni singola cosa. Le planimetrie riportavano di stanze grandi e piccole dove lunghi corridoi attendevano il passaggio di qualche coraggioso avventuriero. Ma Jed non era un avventuriero coraggioso, solamente un uomo con un cuore speranzoso. Raggiunse una delle stanze e l'abbatté con aggressività sentendo le gocce di sudore sulla fronte.

Nel tempo remore di uno scuro-chiaro colore: nera e gialla. Aveva visto di sfuggita un colore simile. Percorse il corridoio più stretto e lungo della casa e si ritrovò nuovamente in cucina. C'era qualcosa. Una parete nera. Una crema gialla. No! Una porta screziata di giallo che aveva scambiato per una parete sporca di crema per dolci. Ecco cosa gli era sfuggito. Una porta! Maledizione! Una cavolo di porta. Che cretino! Meritava di venir preso a pugni in faccia fino a far uscire il rosso del sangue. Una via magari importante confusa con l'ambiente. Si mise in posa come un calciatore che stesse per battere il calcio di rigore. Con una pedata sfondò l'uscio e rimase per un attimo a osservare la macchia sfumata di grigio.

Il colore del fumo ti acceca: non il pulviscolo. Aveva passato minuti, ore, giorni, settimane e mesi a osservare, indagare, e correre come una lepre in cerca di ciò che era giusto. Che assurdità! E ce l'aveva sempre avuta davanti agli occhi la strada giusta. Tutto aveva l'apparenza strana e misteriosa, questo era vero. Una casa isolata, due persone svanite nel nulla, e comparse di celebri affreschi e altro ancora. Come un ispettore di polizia nei romanzi gialli in cerca della verità, si avventurò nel corridoio ombroso che lo portò verso una luce di un lampadario antico appeso nell'alto soffitto.

All'inizio riuscì a vedere poco, ma poi le sagome presero forma. E poi le lacrime. Lasciò scorrere, come un fiume in piena, lacrime grosse e amare. Il suo volto stanco e depresso, bagnato di calde gocce di pianto, sembrava un dipinto di un artista.

Un sogno.

Un miraggio.

Un desiderio.

Uno scintillio di luce negli occhi. Una cascata di capelli chiari brillava come una gemma. Una giovane donna seduta attorno a un tavolo in compagnia di un uomo. Indossava un abito azzurro. Bella. E la bellezza del viso era messa in risalto da un trucco assolutamente perfetto. Una fanciulla senza difetto. La ragazzina che ricordava era cresciuta. I capelli sembravano più folti con striature brune. I piccoli foruncoli sulla fronte erano svaniti, e sparita anche l'innocenza.

«Ti ho trovata.»

«Jed!» La ragazza con scatto improvviso si alzò dalla sedia, e andò ad abbracciarlo. Fratello e sorella si strinsero forte ascoltando il silenzio intorno. Un abbraccio da tanto tempo mancato. Un brivido di gioia finalmente toccato. Le mani di lui, forti e roventi come il fuoco di un caminetto abbandonato, si aggrapparono al tessuto. Le mani di lei, vellutate, fragili, e piene di amore per il suo caro fratello maggiore lo toccarono con semplicità. L'intensa emozione sembrò non finire mai, e l'abbraccio fu sciolto solo dopo una schietta richiesta da parte dell'individuo seduto al tavolo. Jed allungò il braccio, e gli puntò un dito contro.

«Lei!» esclamò con stizza. «Ha rapito mia sorella!» l'accusò.

«Jed, non mi ha trattata come una prigioniera» intervenne Ambra.

«E tu lo difendi pure?» fece, sempre con gli occhi addosso al professore.

«Signor Mazavara, se lei ci ha trovato, se ci vede, è grazie al temporale di ieri. Le cariche dei fulmini hanno inciso gravemente sul mio triangolo che rende invisibili le persone.»

L'ometto dal viso rotondo e dagli occhi minuti, che pareva darsi delle arie da re, l'avrebbe appeso ad un albero. Le labbra sottili e rosse, e le fattezze di un ragazzino di quindici anni. I capelli zebrati tirati indietro con un codino corto che sembrava una piccola brusca. Non poteva credere alle proprie orecchie. Quell'individuo aveva anche avuto il coraggio di replicare? Che sfacciataggine!

«Che sfrontato! Signor Valifo lei…»

«Il mio vero nome è Flavio Gioian» lo interruppe l'uomo.

«Disgraziato! Per quale motivo ha rapito mia sorella?»

«Si calmi! Un po' di contegno, la prego… si comporti da civile.»

Mazavara sentì la rabbia bollire come una pentola sul fuoco. Si sentì offeso, preso in giro e trattato come un bimbo di cinque anni perché il maestro l'aveva deriso. Che ingiustizia! Lui era una vittima, Ambra anche, e quel pazzo era infastidito della sua presenza?

«Sa dove se lo può ficcare il contegno?»

«Lo chieda a lei!» replicò allora l'altro. Jed guardò Ambra negli occhi.

«Sono sempre stata qui. Beh, o quasi. Ho viaggiato nel tempo» spiegò la ragazza.

«Hai cosa?! Insomma, ma che è successo?»

«Ho scoperto che il professore è un inventore e scienziato.

Ha inventato il metro del tempo e la bussola, ed io volevo raccontarlo al preside della scuola.»

«Il metro del tempo? Che roba è? E poi la bussola è stata inventata da  Flavio Gioia. Ah, ma forse ho capito quale bussola.»

«Flavio Gioia non è mai esistito. È ormai una leggenda metropolitana» giunse la voce del professore. L'uomo si alzò dalla sedia. Era basso di statura, pelle e ossa e con addosso un vestito scuro ornato di palline dorate. Aveva però qualcosa di strano, di affascinante. Forse gli occhi, che un lieve color argento alle volte guizzava come l'acqua di una fontana. E il modo di muoversi era buffo.

«Ma esiste un monumento dedicato a Flavio Gioia?»

«Certo, lei ha ragione» rispose il professore.

«Lo impari alle elementari, Jed. È un personaggio in realtà mai esistito» replicò Ambra.

«Sì, ho capito. Accantoniamo Flavio Gioia, va bene? Mi stavi dicendo che lui è un inventore e scienziato, e ha inventato il metro del tempo? E tu volevi raccontarlo in giro!?»

«Solo al preside.»

Jed osservò il professore.

«Lei è un inventore, e fin qui ci sono arrivato. Ho trovato il suo teletrasporto e funziona.»

«Cosa?!» L'uomo impallidì.

«Il suo aggeggio trasportatore e il tessuto mimetico. Oggetti molto affascinanti, anche se la bussola fa venire le vertigini.»

«L'ha sperimentata?»

«Bussola trasportatrice?» replicò Ambra.

«Sicuro! E mi è stata utile. Me l'hai accennata poco fa, no?» disse alla sorella.

«Io prima intendevo la classica bussola da orientamento» fece Ambra sorpresa.

«Alla bussola dell'amalfitano Flavio Gioia? E poi chi l'ha menzionato…»

«Tu!» esclamò Ambra.

«Se fosse così, allora il tuo caro professore…» Jed puntò

nuovamente il dito contro l'uomo.

L'anfitrione si mise a ridere per l'equivoco nato tra fratello e sorella. «Io provengo dal passato, signor Mazavara. Sono nato nel 1200. E lei è stato molto avventato. Ha rischiato di finire una piccola particella. Il teletrasporto dovevo ancora testarlo. Ma ora so che funziona» replicò sorridendo.

Jed per un attimo rimase senza parole. Bussola trasportatrice, metro del tempo, triangolo che rende invisibile, un sepolcro, affreschi di famosi pittori e un uomo venuto dal passato? Era troppo!

«Per mia sorella questo e altro» disse alla fine l'investigatore.

«Coraggioso.»

«Quindi proviene dal passato?»

«Esatto!»

«Con il metro del tempo?»

L'uomo annuì.

«E mia sorella ha scoperto la sua invenzione?»

«Il metro del tempo è senza ombra di dubbio la mia creazione migliore.»

«Viaggi nel tempo, eh?»

«Il viaggio nel tempo non è una cosa da prendere alla leggera.»

«È roba da fantascienza. Quindi, questo metro sarebbe una specie di macchina del tempo? Beh, dopo l'esperienza avuta con il teletrasporto, le credo. Perché non costruisce anche una nave spaziale e siamo a cavallo!»

«Einstein…»

«La prego… M'interessa solamente una cosa, professore. Ha avuto qualche problema con il "metrotempo"?» Jed richiamò alla mente ogni accaduto, ma soprattutto, Ettore Crone. E mentre lo faceva, vide un grande puzzle composto alla perfezione, anche se mancava un pezzo, e quel pezzo stava per essere unito.

«Sì» ammise Flavio dopo una lunga pausa di silenzio.

«Lei ha avuto un problema con il "metrotempo" e sta cercando il sarcofago di Joan P. Pol, vero?»

Il professore si fece bianco come il latte e gli occhi si spalancarono per la meraviglia.

«Deve sapere che ho molte ombre che affollano la mia mente, ma effettivamente, sì» esordì l'uomo.

«Vede, il piccolo ma lungo strumento ha numeri incisi. I numeri si possono cambiare di posto, ma mai lasciare il metro senza un numero. Mai lasciare un foro aperto.»

«E a lei è capitato. Ha dimenticato di inserire un numero?»

«Sì, è successo. Spesso dimentico il numero tre.»

«Quante volte?»

«Non saprei dirlo con esattezza.»

«Vada avanti.»

«Ecco, quando capita… ehm… alcuni oggettini fanno il zompo anche loro.»

A Jed venne il ticchio all'occhio. Si accarezzò i capelli e domandò «Che tipo di oggetti?»

Gioian alzò le spalle. «Cosucce! Dipinti di Botticelli e Van Gogh, monumenti egiziani, diademi e il sepolcro di Joan P. Pol. Ma ho collocato ogni cosa nel rispettivo luogo glielo giuro, tranne che…»

«Joan P. Pol. E io so dove si trova il suo pezzo mancante» lo interruppe l'investigatore.

Il professore sussultò, come morso da una vipera. Strinse gli occhietti e poi chiese fervidamente: «In quale luogo?»

«Farò di meglio. La condurrò lì. E poi lei se ne torna da dove è venuto, chiaro?» e dicendo così consegnò al legittimo proprietario la bussola trasportatrice e il tessuto mimetico.

«Affare fatto» disse Flavio.

Nel sole pomeridiano che splendeva nel cielo la baracca apparve ai loro occhi come una mole verdognola. Una montagna povera e sola. Essa sembrava tremare. Sembrava sussurrare parole in una lingua straniera che solo il cielo, la terra e il sole riuscivano a comprendere. Quando i tre furono più vicini udirono un ruggito.

«Ahhh!» urlò Ambra, spaventata.

«Perdiana! Un t-rex!» esclamò inorridito Gioian.

«È una macchina! Ora state calmi» li rassicurò il detective.

L'orribile marchingegno di Ettore Crone s'innalzava nel cielo azzurro con tutta la sua mostruosità e deformità. Sembrava più raccapricciante e pericoloso dell'ultima volta che Jed vi aveva avuto a che fare. Cercò di disattivare il congegno inoffensivo, ma invano. E poi un silenzio mesto calò come un banco di nebbia.

«Che ha fatto?» domandò Flavio.

«Niente. Credo che il padrone di casa ci abbia visti» rispose Jed, pensando che sarebbe stato meglio se avesse ammazzato quel Crone.

Superarono il recinto che emanava un odore di acqua marcia. E il padrone di casa andò loro incontro.

«Benvenuti!»

«È riuscito a liberarsi.»

«Sono bravo, vero?»

«Le ho portato qualcuno in grado di risolvere il suo problema» disse Jed, che non era per niente contento di vederlo nuovamente libero di circolare.

«Fraser?»

«Meglio ancora!» replicò l'investigatore.

«Ma prego! Entrate, non restate lì» replicò il pittore con gentilezza. Li fece accomodare all'interno della baracca.

La puzza era insopportabile. Le sedie di cartone erano sempre lì, e sopra vi erano state appoggiate manopole d'ottone. La cucina era in uno stato pietoso.

«Abbiamo anche una splendida fanciulla…»

«È mia sorella.»

«L'ha trovata! Indubbiamente graziosa. Mia cara…» Crone stava per prendere la mano di Ambra, ma Jed lo allontanò con movimento improvviso.

«Non la tocchi con le sue sporche manacce! Non abbiamo tempo da perdere e ci porti da Joan P. Pol.»

«D'accordo. Allora… avvicinatevi al centro.»

Gli ospiti si spostarono nella parte centrale del locale. Crone prese un telecomando piccolo e nero, e premette un tasto.

«Grazie di essere qui» disse enigmaticamente, con un sorriso storto, quasi maligno. Di colpo si aprì un portello nel pavimento, e i tre furono inghiottiti dall'oscurità.

Nel profondo sotterraneo della baracca l'aria aveva l'odore pungente della carne marcia. Era per davvero un tanfo stomachevole e rendeva quel posto ancor più abominevole. Nel pavimento serpeggiava un tappeto di muschio bianco, e grossi ratti correvano come gatti.

«Che stupido! Sono stupido!» si lamentò l'investigatore, tirando le catene che lo tenevano avvinto.

I catturati erano stati relegati in una galleria. E come era accaduto in precedenza, Jed era stato fissato al terreno da grossi bracciali che gli cingevano le caviglie. Questa volta in compagnia dell'inventore e Ambra. E non solo, anche i polsi avvinghiati con catene affissate al muro. Stavano l'uno accanto all'altro, dove una debole luce penetrava da un buco all'estremità di un tunnel. E il tutto era accaduto in modo brusco e fulmineo.

«Perché ci ha legati qui? Che cosa vuole da noi? Jed, c'è un cadavere laggiù e credo che vomiterò!» Ambra era a dir poco scioccata, e la mano della paura le artigliava il cuore.

Jed riconobbe il corpo di Fernando. Poveraccio! E accanto al cadavere supino c'era la pistola. Il pittore lo aveva ammazzato. Si rese conto di aver a che fare con un pazzo omicida. Che male aveva fatto Fernando, dopotutto. Aveva ficcato il naso in una faccenda dove avrebbe dovuto starsene a distanza, nel suo luogo di lavoro: l'albergo Saturno. E il nipote? Ma conoscendo Alfio, di certo non era molto affezionato allo zio.

«È pazzo, Ambra.»

«E lei ci ha portati davanti a un folle?» gridò Flavio Gioian visibilmente terrorizzato.

«Lo rivuole o no il suo Joan P. Pol?»

«Secondo me quell'uomo è convinto che la nostra anima possa far rivivere il famoso personaggio» replicò.

«Non dica sciocchezze!» fece Jed.

«Ha ragione. Nella tasca destra ho qualcosa che potrebbe

aiutarci. Ce la fa con la mano?»

«Che cosa le frulla per la testa?» chiese l'investigatore allungando le dita. Ficcò l'indice e il pollice nella scarsella dell'uomo ed estrasse un anello ceruleo.

«E questo?»

«Se lo metta» ordinò il professore, «ma faccia attenzione!»

«È pericoloso?»

«È un anello dimagrante. Appena compie il suo effetto, si liberi e poi se lo sfili dal dito.»

«Che cosa?!»

«Su, faccia come le ho detto.»

«Perché non lo fa lei?»

«Non faccia il bambino! Coraggio!»

«Quanto tempo ho?»

«Secondi.»

La paura di sentirsi ridurre in briciole ebbe il sopravvento. Jed desiderava pace. Riposo. Tranquillità e amore. Ambra l'aveva trovata sana e salva, e lasciarsi andare a un'altra disavventura…

Iniziava a risentirne. I viaggi da un luogo a un altro, da una casa ad un'altra. Il peso di tutto quello che aveva passato gli crollò addosso come una montagna. Sentì la testa pesante, la schiena che doleva, e la perdita dei genitori che incombeva. E come fratello maggiore aveva delle responsabilità. Era orgoglioso di lei e l'amava. E il suo lavoro di pubblicitario non l'aveva appagato molto. Sentì le lacrime scorrere sulle gote.

«Non abbia paura» disse Flavio squadrandolo.

«È matto anche lei, sa?»

Gioian sorrise, e gli occhi sembrarono mutare di colore e forma. Due palline prive di vita agghiaccianti come i denti di uno squalo.

«E poi?»

«Appena sente che è in grado di liberarsi se lo sfili dal dito.»

«D'accordo.» Si fece coraggio e ubbidì. S'infilò l'anello, e un solletico lo percorse lungo la schiena. Niente altro. Nessuna apparizione, né voce. Non appena sentì scivolar via le catene dai polsi, liberò le caviglie magrissime e fragili dalla pesante serie di bracciali. Lesto come uno scoiattolo, si tolse l'anello e il suo corpo secco come un ramoscello tornò alla normalità. E poi, sollevato e affascinato, guardò Flavio e Ambra compiere la stessa identica cosa. Rimpicciolirono, proprio come nel cartone animato "Oltre la realtà" che da bambino non aveva perso una puntata .La ragazza piagnucolò per un istante, ma poi tutto ebbe il lieto fine.

Jed recuperò l'arma e osservò per un po' la macabra sagoma di Fernando che giaceva sul pavimento, con gli occhi chiusi. Il viso aveva un'espressione quasi di odio, e le gambe attorte l'una sull'altra. Quell'atroce aspetto faceva rabbrividire. Portava la stessa identica cravatta blu. Era stato un colpo alla testa a ucciderlo, ma non dalla Beretta. Probabilmente era stata la caduta. Mentre lui, Flavio e sua sorella erano precipitati su morbidi materassi e fatti prigionieri sotto la minaccia di un fucile a canne mozze.

«Jed!» il professore lo esortò a proseguire.

Percorsero un paio di tunnel uguali fra loro, raggiunsero una stanza dove Crone, chino sullo scheletro di Joan P. Pol, si stropicciava le mani e parlava a vanvera.

«Loro sono qui e tu sei mio… capito? Mio.»

Gli occhi dell'uomo luccicavo come brillanti, e il suo volto era una maschera di cera. La follia lo stava portando via. Sentiva Joan respirare e recitare preghiere a divinità irreali.

Jed gli puntò l'arma contro, e il professore balzò su di lui come un guerriero.

Il pittore emise un ruggito colossale, come un animale ferito.

Il detective sogghignò, godendosi il trionfo. Afferrò una corda posta in un angolo del suolo e lo legò.

«Bene! Vuole Joan P. Pol, signore? E noi glielo daremo.»

Flavio si levò la cintura dai pantaloni con fare ilare.

«Non è il momento di fare dello spogliarello» disse Jed.

«È il metro del tempo» rivelò Flavio.

«Che vuole fare?»

«Tutti attorno alla tomba» disse. «Ambra a sinistra… Jed a

destra… fatevi passare il metro dietro la cintola… Dobbiamo unire poi le due parti… Ecco… sì… come un girotondo… un cerchio… bene così…»

I presenti, cinti dal metro del tempo, si guardarono negli occhi.

Il professore armeggiò con lo strumento, e subito tutto il locale fu succhiato dentro una bolla trasparente. L'aria si fece pesante e Jed sentì come se la carne gli venisse strappata dal corpo. Intorno a lui colori vivaci si agitavano e lampeggiavano. La testa pulsava. Il cuore martellava. Si sentì pervadere da un misto di eccitazione e ansia. Notò che il metro del tempo scintillava e mandava bagliori. E poi tutte le sue sensazioni furono squarciate dall'urlo di Crone.

«Che cosa state facendo?!» Di seguito il suo grido fu ingoiato da un torrente di cavalli. Creature volavano e una puzza di escrementi insopportabile lo fece quasi svenire. Una grande abbazia s'innalzava nel cielo oscurato da nuvole ferrigne. L'ammasso di roccia grigia imponente era incredibile. Torri enormi e corpulente, e una massiccia saracinesca di ferro precedeva un portale colossale. Una serie di dispositivi di difesa erano pronti a scattare, per impedire a chiunque il passaggio, anche a qualche buon samaritano.

«Siamo nel Medioevo!» esclamò stupefatto Jed.

«Sì, ma nell'evo errato. Non perdiamo tempo. I cavalieri stanno arrivando!»

«Ma in che periodo ci troviamo?»

Il professore fece spallucce. «Non saprei. Più o meno nel milletrecento.»

«Eh?»

«Laggiù! Le cotte di ferro si stanno avvicinando. Lasciamo qui il sarcofago e Crone.»

«Non potete!» urlò il pittore terrorizzato.

«Le cotte di ferro?» Jed guardò lungo la campagna incolta, ma vide solo un bel verde di primavera e colline.

«I cavalieri. Forza, leghiamo Crone.»

Legarono il pittore al sepolcro, e dopo fatto ciò, i tre

complici balzarono nuovamente nel tempo lasciandosi alle spalle l'era originaria e le grida disperate dell'uomo, che comunque se lo meritava. La pazzia non l'avrebbe risparmiato. E in mezzo a un puzzo nauseabondo dove tutto sembrava un altro mondo, ombre lunghe e selvagge di cavalli e cavalieri calarono sul corpo dell'uomo come terribili saraceni.

Jed, Ambra e Flavio tornarono a casa. Non c'era allegria nei loro volti. Avevano abbandonato un uomo in una lontana epoca. E tutto era accaduto in pochissimo tempo. Sembrava quasi un sogno orribile e pericoloso. E invece era accaduto per davvero. Il viaggio nel tempo, il Medioevo e la stupefacente abbazia. Una verità amara. Una vita persa in un'epoca distante, nello stesso tempo ammaliante. E il ritrovamento di Ambra? Sì, la sorella era lì. Una stupenda e giovane donna da amare e maritare.

«Tutto bene, Jed?» gli chiese Flavio all'improvviso.

«Sì, grazie. Che materiale usa per le sue invenzioni?» domandò.

A Gioian brillarono gli occhi. Fece un largo sorriso.

«Venite!»

Fratello e sorella si scambiarono un'occhiata, e poi seguirono Flavio lungo uno stretto corridoio in penombra, fino a giungere di fronte a una cassaforte incastonata nella parete.

Il padrone di casa vi armeggiò per un istante, e quella che sembrava una cassaforte si rivelò essere in realtà un piccolo ascensore dall'impiantito vellutato.

«Altra mia invenzione.»

«È sicuro?»

«Certamente! L'ho creato io. Ha dei dubbi?»

«Mi riferivo all'ascensore» fece Jed, inclinando la testa a sinistra.

«Capisco. Salite, non c'è pericolo.»

I tre salirono piano uno dopo l'altro e poi Flavio premette un bottone argento che aveva inciso sopra la lettera D. Subito dopo il piccolo ascensore si mosse, e con un crack prese a scendere. La macchina chiusa si abbassava molto lentamente, e l'aria dentro sembrava venir risucchiata da qualcosa di invisibile. L'ascensore si arrestò dopo tre minuti di pura fobia per i presenti, soprattutto per l'investigatore. Da bambino due coetanei l'avevano gettato in un pozzo abbandonato e aveva rischiato di morire: per ore aveva pregato Dio che venissero a salvarlo. Ma cercava di superare la fobia dei luoghi chiusi.

Flavio aprì la porta e il buio sorprese i presenti. Poi l'inventore lavorò con le mani su di un oggetto e un raggio verde diede luce a una lunga e stretta galleria. Qualcosa luccicava all'estremità.

«Ci siamo» disse, avviandosi a passo veloce.

Jed e Ambra lo seguirono. I loro occhi ben presto si abituarono alla semioscurità, e un familiare odore di menta accarezzò le narici degli ospiti. E poi eccolo, a brevissima distanza che giganteggiava in quello spazio chiuso.

Colossale.

Fantasmagorico.

Fantastico.

Un mastodontico disco volante dalla punta di diamante che sprizzava riflessi gialli, incorniciato da un colore simile all'argento, spadroneggiava mostrando tutta la sua bellezza unica e originale.

«Straordinario!» commentò Mazavara, stupito e stregato da tale vistosità.

«Già!» esclamò il professore.

«Notevole. Un'astronave aliena. Da quanto tempo è qui sotto?»

«Questa è una domanda di cui ancora non si conosce la risposta. Ma… un giorno, non molto lontano, arriverà.»

«Quindi, la materia con cui crea…»

«Le mie invenzioni? Sì» lo interruppe rapido Gioian.

A Jed balenò una folle idea nella mente. Ne aveva passate di cotte e di crude e adesso iniziava a farci l'abitudine. Quindi, cacciò indietro la paura e la timidezza. Ormai più nulla lo sorprendeva.

«Le piace il nostro pianeta e giocare con le epoche, altrimenti avrebbe già spiccato il volo. Tornerà nel suo mondo?»

Amore e odio. Ricchezza e povertà. Pace e guerra. Tatuaggi e piercing. Lavoro, disoccupazione, apatia, divertimento, sesso, droga e denaro. Ah! La razza umana.

Gioian sorrise al terrestre con amorevolezza. Un maschio coraggioso, forte e leale. Aveva intuito tutto, e con pazienza aveva completato il puzzle.

Jed Mazavara alla fine aveva capito chi era il vero protagonista di tutta quella curiosa e stravagante storia. Un essere proveniente da un altro pianeta. Ed aveva acquisito una dote di percezione extrasensoriale da lui e, nel contempo, si era fatto manipolare. Un alieno giocherellone sulla terra, temerario e determinato. Il visitatore era riuscito a fare un gran casino, soprattutto nella sua mente. Aveva giocato, ma non per fargli del male. Jed sorrise alla sorella, e le accarezzò i capelli con affetto. L'amava, e per lei aveva rischiato di morire. E l'astronave, percependo il vivo sentimento dei due, emanò uno dei suoi più incantevoli bagliori.

# Biografia

Appassionata del celebre investigatore Sherlock Holmes, Elena Maneo è nata a Venezia il 26/02/1971. Inizia scrivere all'età di otto anni racconti infantili grazie alla maestra di scuola elementare. Diventata adulta, pubblica il suo primo libro per conto di Kimerik edizioni, il bellissimo "Piccoli Racconti". Prima classificata sezione poesia al concorso E' già autunno 2015 e prima per libro edito. Terza classificata ai concorsi letterari "Granelli di parole (2011/12), Premio Aurelio (2014), Profumo di Marzo (2015) e Cultura blu (2013)". Le viene assegnato un prestigioso riconoscimento per meriti letterari ed artistici dal Centro polivalente - laboratorio di arte e cultura "Nuovo Arcobaleno" di Savona e conferita per il pregevole impegno quale protagonista attivo della cultura al concorso "Idea donna - lui e lei". Altri preziosi riconoscimenti: Premio Wilde Europeo, Scriviamo Insieme, Premio Aurelio, Premio Golfo dei Poeti - Cenacolo artistico letterario Roberto Micheloni, Premio San Valentino (Associazione Amici dell'Umbria), Premio "Amici senza confini" - Onlus, Premio città di Pontremoli, Memorial Vallavanti Rondoni, Roncio D'Oro, Accademia G.G. Belli, e moltissimi altri. Scrive storie di fantasy, amicizia, mistero, amore e poesia.

# Bibliografia


Piccoli racconti, ottobre 2006, Kimerik
La creatura non ha lacrime, febbraio 2008, Kimerik
Il mondo di Melì e altri racconti, settembre 2008, Kimerik
Selvaggia intrusione, marzo 2010, &MyBook edizioni
Una leggenda, una storia e un sogno, agosto 2010, Kimerik
La regina, l'amore e la forza, ottobre 2011, Kimerik
I curiosi casi di Mazavara, 2013, Seneca edizioni
I curiosi casi di Mazavara 2014, David and Matthaus,
Fiammabianca 2014, Midgard editrice


Antologie di vari concorsi letterari, riviste pubblicitarie, eccetera
Alcune sue poesie sono state tradotte e pubblicate in lingua bulgara.

# Capitoli

Finito di stampare nel mese di Gennaio 2016
per conto di Youcanprint *Self-Publishing*